"悦读"文丛

循着那抹亮色找寻你（书信集）

陈艳敏 ◎ 著

广东高等教育出版社
Guangdong Higher Education Press
·广州·

图书在版编目（CIP）数据

循着那抹亮色，找寻你：书信集/陈艳敏著. —广州：广东高等教育出版社，2022.10

（"悦读"文丛）

ISBN 978-7-5361-7153-4

Ⅰ.①循… Ⅱ.①陈… Ⅲ.①书信集-中国-当代 Ⅳ.①I267.5

中国版本图书馆 CIP 数据核字（2021）第 247359 号

XUN ZHE NA MO LIANGSE, ZHAOXUN NI（SHU XIN JI）

出版发行	广东高等教育出版社
	地址：广州市天河区林和西横路
	邮政编码：510500　电话：（020）87554152　87551163
	http://www.gdgjs.com.cn
印　刷	广东海沣印刷有限公司
开　本	787 毫米×1 092 毫米　1/16
印　张	10.75
字　数	196 千
版　次	2022 年 10 月第 1 版
印　次	2022 年 10 月第 1 次印刷
定　价	39.00 元

自序：洞见人性之美

书信，大概是最能流露真性情、表达真思想的文体了。

遥想多年以前，在没有电话没有网络没有微信没有视频的年代，只身在外的我们苦苦等待、翘首以盼的家书、情书或"见字如面"的友朋叙谈，曾经给予苦闷彷徨抑或欣然欢悦的我们多少的温暖和快意啊。家事国事天下事，在信中，我们意气风发，畅所欲言，借由鱼雁往还互诉衷肠，嘘寒问暖，彼此牵挂，感受亲人之情、友人之谊、恋人之爱。这些书信，伴着美好时光在生命中留下难以磨灭的印迹。

因着天赋的才华、丰沛的情感、深刻的洞见和鲜明的个性，文学、艺术家的书信更多了一些与众不同的色彩，真诚恳谈和自然流露之中闪耀着精神光芒，不乏经典的传世之作。《循着那抹亮色，找寻你（书信集）》以中外文学、艺术名家经典书信集及谈话录为主题和主线，在享受阅读之美之乐的同时，试图借由深入的解读、赏析，从文化、艺术、爱情、生活等多个侧面分享信札所承载的丰富的人文气息和文化内涵，透过特定时空里的一己悲欢和个人命运，洞见人物、历史和时代的真实状貌，传递人文、人性和人情之美。

  刘再复与刘剑梅的两地书真实恳切，从父女两代人不同的视角、体悟，合流于光明高远的文学情怀和向美向善的共同追求；张爱玲与庄信正的书信往来淡泊悠远，纸短情长，让我们看到女作家卓尔不群的精神风貌、孤僻静寂的独立个性和慨叹唏嘘的命运归属；马里奥·巴尔加斯·略萨《给青年小说家的信》、里尔克《给青年诗人的信》、蒋勋《给青年艺术家的信》、汉宝德《给青年建筑师的信》、朱光潜《给青年的十二封信》循循善诱，以不同的口吻、切身的体会与青年朋友倾心恳谈，为其指引方向，并向读者交出一份珍贵的"心得"；泰戈尔书信展示的是诗意的灵魂和博爱的力量；吴藕汀在给友人的上百封信札中谈古论今，意气飞扬，充满了真知灼见；苏格拉底、歌德、博尔赫斯、卡夫卡亦在日常谈话中展露出先天不俗的气质和平凡中的不平凡。

  《马拉美与莫里索书信集》不仅让我们近距离地了解了女画家莫里索，还让我们看到一个大师辈出、群星璀璨的时代。追光逐影、踽踽独行的塞尚，为美而生、与美同在的梵·高，平静和谐、一以贯之的毕沙罗，以绘画还原生活的马奈，平凡中成就伟大的莫扎特，无不在他们的书信典籍中尽显着个性、人格魅力，或有趣，或怪异，均自由伸展，不同寻常，在人与作品的彼此融入和交相辉映中彰显艺术之美。

  家书、情书，更是绚烂多姿，情真意切。徐志摩与陆小曼的缠绵甜腻，阿伯拉尔与爱洛伊斯的绝望苦涩，纪伯伦与梅娅、萧伯纳与爱兰·黛丽柏拉图式的恍惚迷醉、若即若离，透过频繁往来、缠绵悱恻的信札彰显爱情的力量。汪曾祺给妻子的家书放松而无顾忌，在家长里短和生活琐细中袒露着真性情，顿然少了写文章的拘谨，在一封家书的末尾他对妻子说："为了你，你们，卉卉，我得多挣一点钱。我要为卉卉挣钱！"有时在外赶稿子，他向妻子交底："赶写十篇，就是为写而写，为钱而写，质量肯定不会好。而且人也搞得太辛苦。"在向家人"交底""坦白"的絮叨中，我们看到作家真实、鲜活亦更加可亲的另一面。这些，却是作家公之于世的作品中难得一见的笔墨。此外，无论是林徽因在家书、情书中展示的不变的理性与淡定，还是倪匡在《不寄的信》中表达的压在心底的妄念和潜意识，也都因真实而值得记取、收藏。

  书信的年代已然渐行渐远，信札中真挚的情感和情怀依然弥足珍贵。

陈艳敏
2022年8月于北京

目 录

第一辑 诗意的灵魂，博爱的力量

003 亦师亦友，纸短情长
　　——读张爱玲、庄信正著《张爱玲庄信正通信集》

012 穿越迷障，无畏前行
　　——读刘再复、刘剑梅著《两地书写》

019 无天赋，不文艺
　　——读马里奥·巴尔加斯·略萨著《给青年小说家的信》

023 在最纯洁的地方开出的花朵
　　——读里尔克著《给青年诗人的信》

027 诗意的灵魂，博爱的力量
　　——读白开元编译《泰戈尔书信选》

033 生命的副本
　　——读爱克曼辑录《歌德谈话录》

041 无以摆脱的命运
　　——读威利斯·巴恩斯通著《博尔赫斯谈话录》

045 照亮世界，消失在黑暗中
　　——读卡夫卡口述、雅诺施记述《卡夫卡谈话录》
051 化为天空，得千万只眼睛看着你
　　——读柏拉图著《柏拉图对话录》

第二辑　循着那抹亮色，找寻你

057 清茶尺笺论艺事
　　——读吴藕汀著《药窗杂谈》
065 循着那抹亮色，找寻你
　　——读道尔特、迪佩推编《马拉美与莫里索书信集》
068 追光逐影，踽踽独行
　　——读约翰·雷华德编《塞尚书信集》
074 为美而生，与美同在
　　——读梵·高著《梵·高艺术书简》
092 平静和谐，一以贯之
　　——读毕沙罗著《毕沙罗艺术书简》
110 马奈，还原了生活的绘画
　　——读马奈著《马奈艺术书简》

115 不凡只在平常中
　　——读沃尔夫冈·莫扎特著《我是你的莫扎特：莫扎特书信集》

117 找到心中的歌唱
　　——读蒋勋著《给青年艺术家的信》

120 让本能去导引
　　——读汉宝德著《给青年建筑师的信》

第三辑　爱，恒久穿越的力量

125 为了爱情
　　——读徐志摩著《爱眉小札》

127 悲惨的境地
　　——读阿伯拉尔等著《绝·情书》

131 一段难以磨灭的记忆
　　——读萧伯纳、爱兰·黛丽著《纸上的爱》

134 一场磨难，一场诱惑
　　——读纪伯伦著《蓝色火焰》

137 爱，恒久穿越的力量
　　——读海莲·汉芙著《查令十字街84号》

第四辑　不变的理性与淡定

143　见字如面
　　——读汪曾祺著《汪曾祺书信集》

146　薪火相传，文脉永续
　　——读潘耀明著《这情感仍会在你心中流动》

152　草草不宣，无限悲凉
　　——读周作人著《周作人书信》

154　"人生第一桩事是生活"
　　——读朱光潜著《给青年的十二封信》

156　不变的理性与淡定
　　——读林徽因著《林徽因的信》

160　压在心底的妄念
　　——读倪匡著《不寄的信》

第一辑
诗意的灵魂,博爱的力量

"眼下我心中唯一的愿望,是让我们的生活朴素而简约,让我们四周的环境宁静、欢悦,让我们的人生远离奢华,充满善德。"

——白开元编译《泰戈尔书信选》

亦师亦友，纸短情长

——读张爱玲、庄信正著《张爱玲庄信正通信集》[①]

张爱玲在美近40年，深居简出，极少与人来往，自1966年起，举凡工作、搬家等重要事宜，都托庄信正代为处理。《张爱玲庄信正通信集》收录了张爱玲和庄信正长达28年的一百多封往来书信，是了解张爱玲生活和晚年创作的第一手资料。

将这番通信翻上数十页，其内容也依然是平淡、平常的，无有稀奇，不冷不热。张爱玲是一个与他人保有距离的人，这也注定了她与旁人的通信不可能一下子热络起来。

同在美国，庄信正在一个偶然的场合与她相识，内心的景仰加上学术的往来和隐约的同情，使他与张爱玲建立了联系，给予她热情的关照。然而因为生分，张爱玲简短的信中却不乏客气、客套，以及因这关照而产生的隐隐的不安。庄信正帮她编履历表，她说："我因为知道你忙，多写几张便条都

---

① 张爱玲，庄信正. 张爱玲庄信正通信集［M］. 北京：新星出版社，2012.

过意不去，没想到又让你……，真正抱歉。"为减少麻烦，她在信中说："不另道谢了，也实在谢不胜谢。我大概七月一日乘飞机来，绝对不需要接。"让伯克利大学的陈世骧等她，她也心有不安："让陈先生等着，真对不起。"她总是予人方便，总是怕给人添麻烦。

生性孤僻、沉潜于文学的她，对于别人的一点点好，都会过意不去，因此不愿欠下人情，同时她又是需要绝对安静的人，因此也害怕与人往来，"千万不要特为回信，过几天有事再谈"，"请千万不要再在百忙中特地回信"，是她在信中常说的话。收到来信，她也"全都没看就收了起来"，一搁就是几年，所以才有了记者在她家楼下垃圾箱里翻捡出她未拆封即丢弃的一打信件的轶事，令人惊讶，但又非虚构。还有人为写关于她的文章搬进她的公寓，这对于张爱玲来说都非愉快之事。张爱玲生性是冷的。她封闭在自己的公寓里，几乎完全不见人，不接电话，不喜欢被人打扰，也拒绝他人关心，经年累月地与世隔绝。为了让她寄信方便，庄信正曾特意印好地址条给她寄去，但后来也不再印了，因为"她给我们的信从来没有用过"。也许是长期的独居使然，以常人的眼光来看，她的性格中似乎有着一些古怪的成分。

她怕与人通信，而真正有了通信的，比如与庄信正先生，一开始也仅有三言两语，有事说事，没有一点拖泥带水和情绪夹杂，那些信读来平淡又冷静。两位的通信自1966年10月19日开始，以后的几年，一直保持这样的状态，直到1971年3月1日，张爱玲的信才陡然变长了些，以后的信也逐渐有了些性情和温度。这个"慢热"的过程足足持续了5年。

在1971年3月1日的信中，张爱玲针对时局向庄信正谈了自己的看法，其中有她认定的观点，但她声称"不解释"。在当年5月7日的信中，她跟庄信正谈起自己在伯克利大学做事的遭遇，彼时她费尽周折，仍不能很好地按照要求完成伯克利大学指派的论文，因而被伯克利大学辞退，庄信正劝导她不要太认真，她说："不是我想写杰作，用心写的还通不过，妈妈（马马）虎虎写的通不过，岂不更要怪自己？"颇有个性的她也不承认自己是特意为谁而写，而是强调"是本来对这材料有兴趣"。是啊，一个作家，写不出"规范"的论文，或许也在情理之中吧。若非生活所需，张爱玲女士是否也不必让自己如此为难呢？这两封信写得长，一封是对时局的"坏评"，一封是对现实的"牢骚"，而能让张爱玲女士敞开心扉在信里去批评和发牢骚的，恐怕非熟到一定程度，非经历了漫长的时间、拥有了牢固的信任而能做到的吧？

后来，双方在信中偶尔还谈些家事，张爱玲也于不知不觉中与庄信正一家建立起了友谊。1977 年 12 月 14 日，在"信正"和他的妻子"荣华"之外，张爱玲女士在信的抬头又加了一个"修笠"，庄信正解释说："修笠是我女儿，一九七五年生；她弟弟修昱比她小两岁。从此张先生来信结尾大都会向这两个孩子致意，叫他们'二修''两小'等。我父母一九七六年由台北来美国定居，她也礼貌地问候，不能不说与传统教养有关。"而这些，在她简短的信中可感可知。两个孩子是修字辈，张先生在信的结尾就引"福慧双修"来祝福他们。十几年后的 1991 年，庄信正先生在别处偶然看到"福慧双修"的出处，令他十分动容，"佛经所说福德和智慧皆能达到至善的境地（见《涅槃经》卷二七）。单修智慧曰菩，单修福业曰萨；福慧双修为菩萨。唐慧立《大慈恩寺三藏法师传》：'菩萨行为，福慧双修。'……起初我不知道这四个字有具体的出典，后来偶然发现了，很感动"。善哉善哉。

表面冷漠的张爱玲，事实上也重情义，只不过这情义，从张爱玲身上并非轻易能够捕捉到。她是一个将自己隐藏得很深的人，用现在流行的话说，是一个很"宅"的人。

陈艳敏《一枝独秀》

或许也正因为此，一旦建立起信任和感情，她便十分珍重。从她与庄信正日复一日的书信往来和日常交往中可以看出，虽然她自始至终都独立、坚强，但孤身一人的她无形中还是对这份情谊产生了依赖。在一个城市共同生活了多年之后，1973 年，庄信正一家因事业变动要搬到别的城市，这一年的 8 月 16 日，张爱玲在信中流露出少有的不舍与伤感，吐露了自己的惜别之情和肺腑之言："你们明年要是搬走的话，我当然非常怅惘，尽管地方远近于我似乎没什么分别。你是在我极少数信任的朋友的 Pantheon 里的，十年二十年都是一样，不过就是我看似不近人情的地方希望能谅解。请千万不要又特为回信，下次有事再谈。"

分别的那晚，庄信正夫妇与她相约来到她的家里，三人从 8 点谈到凌晨 3 点，庄信正说："这是我同她第二次彻夜长谈，也是最后一次见面。"那晚，她拿出相簿，给他们看她祖父、父母和她自己的照片——那得熟络到一定程度，张爱玲——这个孤傲又凄清的女子才会有这样的举动吧。

是啊，张爱玲是个不会料理日常生活的人，庄信正平素总是给予她力所能及的关照和帮助，帮她找住所，帮她寄信，帮她找书，帮她办大学的借书证，帮她搬家，这其中有对她的敬重，也有对她的同情，有机缘的巧合，也有良善本心的驱使，总之他与张爱玲结下了 30 年漫长的善缘。

据庄信正说，在美国，张爱玲生活拮据，"张爱玲靠稿费和偶尔的奖助金仅能糊口"。所以他对其间张爱玲身陷与唐文标的著作权纠葛怀着深切的同情，毅然站在张爱玲这一边，对唐文标的行为公开表示不齿，对其"不庄重的口吻"和"急于居功的心理"给予了态度鲜明的回应。"张先生的收入很有限，而唐原为大学教授，生活宽裕，不但不该、而且不必把她的作品据为己有擅自发表。及至她收进自己的书里，他居然反客为主，认为是她'侵犯了他的权利'。"庄信正对张爱玲的遭遇愤愤不平。

唐文标当然也不听劝说，他想出的书照出不误，庄信正也无奈他何。当唐执意又要出《张爱玲评论大全集》时，庄信正给爱玲先生写信："他明目张胆地印您的作品都没法子防治，现在是评论您的文字，恐怕更只好由他。我站在您的忠实读者的立场，倒愿意有这么一本书。"此时的口吻已经有了一些变化，带了一些宽容，无奈中仿佛也有了一丝期待，而这也显示了文人的可爱和夹杂于字里行间的复杂感情。后来唐文标又出版了《张爱玲资料大全集》，再版了《张爱玲杂碎》，而庄信正给张爱玲的信中流露出的，依然是既憎恶又欣慰的矛盾心情。"真令人浩叹——同时又极高兴读到您的旧作。"

在信中，庄信正也时常向张爱玲讨教，跟张爱玲讨论，围绕《红楼梦》和爱玲女士的作品，交流对文学、世事的看法。他知道，文学是张爱玲的生命。"对她而言，祖传的家珍古董可以卖掉补助生活费用，但手稿却是无价之宝。"因此庄信正在写给张爱玲的信中不忘嘱咐："以后搬家，重要文稿——无价之宝——最好随身携带（或与旧的东西放在一起，但仍有可能遗失）。"

1974年6月11日，爱玲女士在信中谈到有人想收录她的书稿，但她因对自己的稿子不满意回掉了，"我不愿让人家白花钱打长途电话，尽管是公款，已经给他们去信回掉了。必要的时候还是我打电话给你们。"这些书信写得冷静，但仔细品咂，在冷静中其实还是有着些人情的暖意，所以庄信正说："她在谈话和书信里不止一次说自己偶尔不近人情，我倒常常觉得她富有人情味。"她的人情味，是隐含在内里的，时间太短，不易察觉，唯有久处，方能感知。

他们会在信里讨论《红楼梦》。张爱玲曾说过，《红楼梦》是她"一切的源泉"。庄信正认为，在众多红学研究专家里，唯有张爱玲的解读能够鞭辟入里。庄信正对周汝昌的评价为"此人我见过一次，对他很不喜欢"。而周汝昌称张爱玲为"张作家"，在庄信正看来，这样的称谓言语间是充满了乖戾与不敬的。就庄信正所说："他在'红学'方面的贡献不容置疑，但后来往往率尔操觚，写的太多，予人以浮滥之感。"庄信正写信给张爱玲说："我们这部宝书真也该有像您这样的大手笔来续完。这工作鲁迅、沈从文、张恨水等人都不能胜任。"当然，曹雪芹不在了，《红楼梦》是否真能续写，就是另外一回事了。

在信里，庄信正也谈到张爱玲、沈从文的创作比之于诺贝尔文学奖获得者的情况，并由此发表自己对于文学的看法。"纯粹从文学观点来说，当前健在的老一辈中国作家的弱点是往往热烈有余而深沉不足，同情心不够博大，忽视人生的多姿多彩的复杂层面，笔下流于浅薄。张爱玲和沈从文是难得的两个例外情况。他（她）们也创出了自己的独特风格，尤其是小说语言，无人可以企及。张爱玲的著作虽比沈从文少，但败笔也少，散文集《流言》和《短篇小说集》几乎篇篇精彩。八十多年来诺贝尔奖金榜题名者不乏二流作家，张、沈比他们有过之而无不及。"在编选近代中国小说选方面，他也有自己的视角："我选得很严，巴金、茅盾和张天翼我实在认为太糟，根本没有容纳。"

对于这些，张爱玲的来信中并无太多信息，更多的内容来自庄信正的"旁引"。

张爱玲有个性。个性即风格，这对文人、作家尤其重要，张爱玲也从不欠缺。对于文学、学问，她有自己坚定的自信和主张，对于阅读，她也有自己的看法，用庄信正的话说，"张爱玲在阅读方面也随和也挑剔"。张爱玲给庄信正的信中可以佐证这一点。她说："我看书向来跟观点最接近的朋友也看法不一样。"这是一位向来有主张、有个性、有风骨的女性。1983 年 4 月 21 日，张爱玲写信给庄信正："Iris Murdoch 是我看不进去的名作家之一，以后千万不要再给我。白扔了可惜。"言辞一点也不含糊。当然，她也并非顽固不化，事隔一个多月之后，她的看法也发生了改变，她在 1983 年 6 月 6 日给庄先生的信中说："上次我说 Iris Murdoch 看不进去，结果发现可读性很高，倒先看完这本。"

张爱玲对自己有着清晰的自知。她对庄信正说："评我的书要我说好，除非是我自己写的。"柯灵批评她的作品，她便不愿与柯灵接近，有事也不"麻烦"柯灵。人大概总是朝着光和爱蓬勃生长。庄信正了解她："从她的几篇散文和胡兰成关于她的文字里看得出她对写作——尤其是自己的——有极其深刻精到的见解。"张爱玲从别人那里收到三本胡兰成化名写的书，随手翻来，看到许多处引用《红楼梦魇》和她别的书，她就把它扔了，"免得看了惹气"。熟络之后，庄信正在给张爱玲的信中谈及胡兰成也不避讳："胡的文章偶有可读之处，写您的片段颇传神，有参考价值。但总的说来我不喜欢，觉得他有一种'怪味道'，特别是他的'自赏'，透着不够成熟。"当然，庄信正在此处加了括号，"（有时如果我对您直言不讳，务请不要介意)"。1994年8月18日庄信正在信中再次提及胡兰成:"在台北买到胡兰成的《中国文学史话》,其中仍以谈您的文字最可读,主要是记述您当年的'语录'。我翻阅过他的《今生今世》《山河岁月》《禅是一枝花》等,只有《今生今世》记录您当年的谈话极有价值,余则乏善可陈。"在为此信作注时,他又发表了自己的看法:"胡兰成《中国文学史话》有三篇文章专谈张爱玲,同《今生今世》一样得出他对她有精当独到的体会和见解,也很有自己的功力。但措词和态度——轻佻,孤芳自赏——我很看不惯;八月十一日看该书时在日记里发议论道:'此人属于'才子+流氓'型。'"据我读《今生今世》所感,个人认为这个判断较为准确。概括张爱玲与胡兰成的关系,庄信正说那是一抹"苍凉特色"。

也许是长期的离群索居养成,爱玲女士的个性中亦有谨慎的一面。谈及文稿的细节,她在信中叮嘱庄信正:"如果有声明请不要告诉人的话,需要涂抹得绝对看不见,若是原件付印的话。"而长期的交往也已经使庄信正了解了她的脾性,这了解是入微的,透过她的笔迹、字样,便能感知到她的心情。一次在接到张爱玲的信后,庄信正说:"有几次她在我的信的封套背面试钢笔尖的墨水;这次或直或弯画了近二十道,仿佛一边查看墨迹一边陷入沉思。"也够心细的了。

在张爱玲晚年的通信中,信件的主题仿佛就只有搬家了。

1983年10月26日的信中,张爱玲开始提到跳蚤和搬家的问题,从此这两个问题就没有间断地困扰着她,害得她拉着行李箱从一个地方到另一个地方,从一所公寓到另一所公寓,始终都在搬家的路上。只要见到一只跳蚤、一只小虫就搬家,"大概是我这天天搬家史无前例,最善适应的昆虫接受挑战,每次快消灭了就缩小一次,终于小得几乎看不见,接近细菌。"对于小虫的"零容忍"使她居无定所,"搬家"成了信件的惯常主题。

"她搬来搬去总不能随身带着大件行李,只好买便宜的充气床垫。"着实艰辛而不易。而作为朋友,庄信正也时刻挂着心,尽可能地从细节处为她着想,替她考虑,给她提建议,出主意。在某一日的信中,庄信正说:"因为考虑到您要去转信处取邮件,所以未寄重的书,怕您拿着走路不便。"算是体贴入微、关怀备至了。1985年3月23日,他写信给张爱玲劝说道:"我觉得您生活上的一切安排，首先应考虑健康，健康才能写作；您这样居无定所，长此下去，身体会受损的，何苦来呢？您这样搬来搬去，不知您愿不愿意趁此离开 LA……或者我可以去 LA 看您一次，帮您看看能否解决 fleas 和公寓的问题，您知道这是我绝对乐于为之的事。"

庄信正在旁注中说张爱玲不爱小城，喜欢大都会如上海和纽约，即使晚年日益离群索居也要"隐于市"："张爱玲一九六九年以前为了写作和生计去过不少地方，包括台湾和香港。一九六九年去伯克利住了两年。但是在洛杉矶二十多年当中尽管居无定所，却从未离开市区，也没有去任何地方旅游。"1986 年 10 月 18 日，庄信正写信叮嘱她："美国大城市太不安全了，务请绝对注意人身安全！"她实在是一个不愿轻易接受帮助，而又着实让人操心的人。

而她的怕虫，到了最后甚至达到谈虎色变的程度。1991 年 10 月 12 日，张爱玲写信给庄信正说："最近从租信箱处取回的报上发现一只蚂蚁，一有了又麻烦无穷，只好马上换地方。"半年后又谈及此事："半年前我收到的《中国时报》上有小霉虫，大概是船上货舱里的。一蔓延又要劳民伤财，杀虫无效终于搬家。"庄信正在旁白中说："'发现一只蚂蚁'就搬家，简直草木皆兵了。"但庄信正了解她，就随她去，依然为她提供力所能及的关照和帮助，做她的保人。我感到奇怪的是，为什么越是怕的东西就越是找她，与她纠缠不休呢？

在被搬家搞得筋疲力尽之时，她也会怀念美好的过往，1984 年 1 月 22 日，她写信给庄信正："你们俩给找的房子虽老，住了这些年也无事，再走过那条街还有点难受，想着 I was happy here。"唉，我深感同情。

在杀虫、搬家和日复一日的奔波劳顿之中，张爱玲也一日一日地衰老下去，其间还有过摔倒的经历，收到信的庄信正也心急火燎，实在放心不下，便同朋友商议托人就近去照顾她："此信我一月二十八日收到，觉得事不宜迟，与夏志清先生通电话后决定托我在洛杉矶的知交林式同就近照顾她；当晚打电话给他，他是学建筑的，不知道张爱玲是谁，但立即满口答应。"

"轻易不愿欠任何人情"的张爱玲，三个月后给庄信正来信才提到"你们的朋友"。而他们的朋友林式同，自此就担负起了关照张爱玲的责任，后来作为张爱玲最为信任的不多的几个朋友之一,成为张爱玲的遗嘱执行人。

回顾与张爱玲前后 30 年的交往,以及"与她维持的亦师亦友的交谊",庄信正不无感慨:年轻时张爱玲衣着时髦、讲究,"到我认识她的时候则穿得非常朴素"。她 19 岁在《天才梦》的结尾中写道:"生命是一袭华美的袍,爬满了蚤子。"……老年离群索居却真的有蚤子纠缠着咬啮她,使她东藏西躲,疲于奔命。作品,即是一种暗示吗?

搬家的同时,生活并不宽裕的她还托庄信正、林式同帮她找"利率较高且可靠"的银行。搬家与找银行是她晚年除写作之外最为记挂的两件事。

往事如风,一去不返。这本通信集留下的是一段交谊,也是一段历史。

陈艳敏《君子如兰》

穿越迷障,无畏前行

——读刘再复、刘剑梅著《两地书写》①

这是家书,也是刘再复与女儿刘剑梅的文学、人生笔谈,从如此默契的对话里,我看到了幸福,父亲与女儿心心相通的幸福。

在海外教书的女儿从父亲手中接过了接力棒,继承了父亲的学术事业,在父亲的教诲和护佑下,于更阔大的视野里拓展出愈加丰富的思想和人生,在一个更新、更高的起点上与父亲对话、探讨,共鸣之中又发出自己独特的声音,于潜移默化中扎根于深处。而那个父亲,万般慈爱中也不隐讳自己的观点,和女儿在一个自由开放的平台上平等对话,给女儿以启发和引导,也聆听女儿的心声,在彼此的讨论中相互鼓励、提醒,保持着精神的富足与饱满。

在频繁往复的信件中,他们谈命运交织的香港,谈"芝加哥学群"的精神取向,谈忧患中的人性呼唤,谈没有灵魂的泡沫文化,谈文化气脉、齐物之心,谈受难情结、思想的韧性、人性与佛性,谈张爱玲的局限、《红楼

---

① 刘再复,刘剑梅. 两地书写[M]. 北京:生活·读书·新知三联书店,2013.

梦》，谈身体书写的末世景象，谈贵族子弟的平常心……他们的谈论，带着父女俩大致相同的价值取向，亦带着两代人不同的经历、视角和观念，然而都有真知灼见。

身处一个日趋世俗化的时代，父亲看到人类精神世界的完整性已不复存在，昔日的思想和价值观成为被调侃的对象。"当我们还未看清这幅光怪陆离的景象时，就已经身不由己地被一片反崇高、反理想、充满杂耍式的喧嚣声淹没了。"女儿没有父亲悲观，在她看来，被城市"监禁"和异化的现代人还可以在富有人情味的平实的日常生活中找到意义和希望，那是精神的逃遁之所。

父亲希望女儿幸福，希望她在一个"空"性的世界里，排除现实的妄念和欲念，腾出更加广阔的空间，去容纳自己的真心所爱，容纳自己的憧憬、向往、期待，保持生命的本真。"你有幸从事文学，生活在精神深层之中。你一定也可以逐步构筑一个属于自己所热爱的世界，把无价值的东西排除在这个世界之外。如果你寻找到甚至已经构筑了一个很美的、由衷热爱的世界，你将找到永恒的幸福与灵感的源头。"女儿对自身以及父辈的境遇、心态也有清晰的认知，她知道相对宽松的环境下成长起来的他们这代人，肯定有别于父辈，他们的心思比父辈要简单、轻松。这轻松，也是一种幸运。她宽慰父亲："不过，你不要担心，轻松并非'轻浮'。在我所选择的领域里，我也会好好去读、去写、去教、去倾其所爱。"在哲学、宇宙、文学的形而上世界里得其大自在与大自由，这真是幸福。

面向未来，父亲提出："你希望二十一世纪乃至下一轮千禧年的基本面貌是什么样的？"继而答曰："柔。'柔'是我的全部期待与向往。柔是什么？柔是水，是清澈，是舒缓，是低姿态，是进行曲。"心向往之的"柔"，"不是破坏，不是阶级斗争与种族斗争，不是'一个吃掉一个'的哲学，不是'你死我活'的思维，不是'成王败寇'的游戏规则，不是各种行为暴力和语言暴力"。对此，女儿说："我对下一个千年有何期待的话，我的回答只能是逾越轻与重的界限，停伫在人类生命最原始的一种存在感，那是一种生灵在冥冥中能体会到的一种感动，通过这种感动，我们心灵得以相通。"柔软，感动，是父女心灵的交集，也是两代人朝向美好的共同期盼。

女儿向往没有条条、框框、偏见,自由创造、自由表达的大浪漫,父亲指出大浪漫中有大境界。喜爱《红楼梦》并对其有研究的他借《红楼梦》的"大浪漫"来表明自己的观点,认为《红楼梦》的大浪漫中有大真实、大性情、大关怀,是这些成就了伟大的作品。"浪漫的对立面其实不是现实,而是世故与势利。"在他看来,"世故是天真的大敌,会毁灭性格的诗意",只有回到孩子状态,才能使生命能量充分释放。他排斥官场、商场、名利场,主张回归自然,拥有和保持性格的诗意。"心机没有诗意",人间赤子放下了名利追求的欲望,达到了通透灿烂的生命境界。他不怎么喜欢张爱玲,也是因为他认为张爱玲回不到孩子状态,"她并未'成精',但太冷了"。历尽了沧桑,他的心灵底色依然是暖的。当女儿引用张爱玲的话说:"文学的和谐和永恒性,乃是人的神性。"父亲想让她知道,和谐中的人性之美与人性之深互相渗透,"世界文学史上最成功的作家,都是两者兼而有之"。他眼里的张爱玲无论是作为作家还是作为一个人,"与社会一点也不和谐"。在他看来,"社会上人心险恶"固然是事实,但一个作家却不能因此而处处设防或者对社会冷漠,不能因此而学会一套对付社会的策略,"而是保持自己的天真天籁,从社会世相中走出来,'入乎其中,出乎其外'……大作家必定有大关怀、大慈悲、大同情心……是从生命深处发出的激情。张爱玲似乎缺乏这种激情。因此她写的人物都很世故"。所以他对女儿说:"你很喜欢张爱玲的小说,十分钦佩她的聪明机智。将来你如果有机会写小说,可学她的技巧和笔触,但还是要保持你的傻气与书呆气为好,不必太精明伶俐。"

同为知识分子,父女俩以切身的体验在书中讨论知识之"隔"。女儿认为没有人间知识参与的感觉,才是最真最纯的感觉。"如果一个人在'学'饱知识之后,能够回到这种婴儿状态,仍然具有一种纯粹的、毫无杂念的人性第一感觉,那真是一种幸福。"父亲同意她的观点,对于老子的"复归于婴儿"感同身受,在他眼里,婴儿状态就是自然状态。修炼就是保持婴儿状态,不断找到自我与自然相连的那一部分,不是愈修愈世故,而是愈修愈天真,"聪明人能修炼到有点傻就好了"。在他眼里,朴素的本能比高深的知识更接近真理,没有知识的纯真的孩子,比被知识遮蔽的知识分子更值得信任。他不反对知识,但强调要用生命去穿透知识、升华知识,让知识变成活泼生命的一部分,而不是把它当作资本、敲门砖和面具。"知识只有当它融入生命并化作对生命的一种观照能力时,它才会变成智慧。"因此他希望女儿的心胸更贴近真实的大地与生活,将目光转向人间与人性的更深处。女儿庆幸在父亲的影响下爱上文学,"这一工作使我比旁人多了一个世界。这个世界如此迷人,它的最深处的内核,是真的永远不会熄灭的人性的太阳"。父亲看重显现着作家人格、"一点也不掺假的"散文创作,作为文学评论者,他秉持向真向善向美的文学追求,反对把无关痛痒的小机智视为上品,谨防被市民文化心理所同化。

父亲还有很多要让女儿记住的,比如儒家、道家、释家,理学、心学、禅学,都可以在《红楼梦》中学到或悟到。"从《山海经》到《红楼梦》,中间又有魏晋风骨、唐宋诗词、明末性情,把握住这一脉络,便可把握住故国的自由文化气脉。"在父亲面前,她毕竟是个孩子,她时不时会说:"爸,我还很需要你的鼓励。"

陈艳敏《童心烂漫》

父亲鼓励女儿，只有不怕艰苦进入文学内核的人才能感受到它的大美大丽。"有大智慧的文学，除了文字好之外，还有两项一般聪明的作家缺少的东西：一项是文字之中的大关怀；一项是文字背后的大视角，即哲学态度与哲学基点。这两项都是文学背后的大文化。""不必卖弄太多的技巧与学问。""作家的大襟怀，也在于他们没有贫富之分、贵贱之分，而以齐物之心面向人间。"父亲告诫女儿，当今甚嚣尘上的隐情文学、颂富文学、身体文学、痞子文学，以及网络上的毁谤小说、黑幕文学等，都是昙花一现的泡沫而已，它们低级庸俗，一味地迎合大众，追求的是一时的快感，实际离文学太远。那些在市场大潮冲击下义无反顾地坚持、坚守自己的创作理想之人，才是真的文学家。因此他叮嘱女儿，在金子与泡沫并存的时代，作为学者和评论者，要认真阅读、思索，不要助长乱象。面对纷繁的现实，女儿将视线转向了自我的内部，她向内探询，通过冥想、修炼觉察自己的存在，从而看到自我内在的光芒，获得文学的成功和人生的幸福。在她看来，所有伟大的诗人和修行者都与自身的内在光芒融为一体，因此，要拥抱伟大本性中的亮光。"在欲望高度膨胀的世界里，我们更应保护自己心中的天堂，更应以巨大的勇气直视心中那片辉煌的明光。"

　　他们讨论天下襟怀，也讨论灵魂的根柢。女儿说她深爱着文化意义上的中国，也期待看到不同种族、不同国家的人的共同关怀，即人道的关怀。父亲说把自然的民族情感中所包含的乡土情感、摇篮情感、母亲情感、兄弟情感等推向天下，就是一个作家必须具备的情怀。大心灵无有所限，"我们不追求伟大，但拥有这种情怀，却是我们要追求的伟大幸福"。他说一个民族的灵魂不是靠人为去"大树特树"的，而是靠积淀。一个人心灵的底子雄不雄厚，也是可以触摸到的。在心灵的点上，他看到自己和女儿的共同底色，那是一种"天生的对于善良道德的热爱和倾慕"，一种内心的光明与善良。正是这不变的"底子"，使自己的生命始终热烈燃烧，使自己穿越黑暗、困苦，感悟到生的价值和生的愉快，即使遭遇劫难也不会失去骄傲和快乐。

　　不同的环境，不同的际遇，不同的见识，父女对于苦难、世事、文学的理解和感受也不尽相同。当父亲倾慕美国"牛仔似的天真"，陷入对异域的想象时，女儿提醒父亲，美国大众文化的"轻"首先迷失在对浮华的物质欲望的追求中,"物世界"压倒"心世界"。当父亲谈及磨难,提出作者是否受过磨难直接关系到文学作品的"大气"与"小气"时,女儿的态度是既要拥抱苦难又要超越苦难,她并不希望自己完全陷入苦难之中,而且"这一点是非常要紧的"。她不忽视世间的苦难,但也知道苦难并非生活的本义和全部,因此她不能停留于此,更不能深陷其中,而是要以自身的内在活力和丰富体验珍视生命,超越苦难,从一个更高更远的层次,朝向光明可期的未来。在父亲对"文学之尺"发表了一番高见之后,女儿说:"但我相信,文学之尺是多样的,你的和我的就很不同。你对二三十年代经历了民族历史大波折大灾难的文学作品有着更深的同情与理解,我则更喜欢年轻的一代,因为他们对汉语的运用和创新为我们带来了新的文学空间。"不同的两代人,有着不同的思想谱系和精神风貌,从中我们看到了个人遭遇,也看到了时代烙印。

当父亲提出知识分子不受外界干扰、拥有个人自由的"第三空间"时,女儿表示了极大的理解,她说:"知识分子的'第三空间'为你们提供了一种立足、立心、立言之地,你们并非与世隔绝,也非遗忘历史的伤痛,而是更冷静地走进精神的深处。"当女儿因文学的边缘化而感到迷茫、动摇之时,父亲急切地鼓励她,让她相信自己是在一个最美的职业上创造意义,将心灵存放在最美、最心爱的地方,是最对的选择。"倘若我们从情感深处,对文学具有一种'信仰与爱敬',那么,我们就永远不知疲倦。"就像沈从文对年轻的写作者说,对文学不仅要有"兴趣",还要有"信仰","对文学有信仰,需要的是一点宗教的情绪"。这位父亲面对文学,怀有的正是宗教般的虔诚与虔敬吧,他教导女儿笃守文学,激励女儿穿越迷障,无畏前行。

有这样的父亲作为精神导师,是一件多么温暖的事。这对我也是莫大的激励。

解读父亲的散文集,女儿说:"你一再说,要善于感受人,感受心灵,这回我又一次地感受你的心灵。我相信,你用文字展示这一心灵,你的灵魂真实的副本,将是留给我和妹妹最富贵的财产,倘若我不知它的价值,我将枉此一生。"这独白让我感动。而作为作家的父亲则有着本真的追求与淡定,他对女儿说:"我不怕自己的名字与文字被遗忘。倘若没有价值,本就应当让人遗忘,没什么好抱怨;倘若有价值,你即使一百遍地呼吁社会'忘记我',社会还是不肯忘记……思想的自觉是学人最高的自觉。这一自觉将带给你无穷的幸运,你的人生将会摆脱平庸,摆脱虚妄,最重要的,你将会摆脱苍白。"

……

父女的对话,有思想、学术的光芒,更有深厚、默契的爱,倾听他们的交谈是一种愉快的体验。倾听也是一种参与,听那个父亲谆谆教导的彼时,我也如一个孩子般从他那里受益。而内心的愉悦则告诉我,我与他们,心灵亦有着幸福的相通。

陈艳敏《诗人美萱草,盖谓忧可忘》

无天赋，不文艺

——读马里奥·巴尔加斯·略萨著《给青年小说家的信》[①]

人的气质秉性不同，在文学样式的选择上也会有所不同。很长一段时间以来，我都感觉自己与小说是隔阂的，小说的虚构于我仿佛没有太大的吸引力，所以平时我很少读小说。一些小说名著也曾被我买来，但在散文的引诱下，多数终是未能打开，至于写，就更是没有想过了。

回顾自己的小说阅读史，几近空白的记录实在令我汗颜。高中时代我曾从图书馆借来《复活》和《红与黑》，几十年过去，其内容、情节留在脑中的印象已不是很深刻了；大学时，看到室友津津有味地读《约翰·克利斯朵夫》，读琼瑶、岑凯伦，我似乎也并未有过动心，即使偶有好奇和冲动，也还未到当真借来读的程度。反而在激情的裹挟之下，一股脑陷入了对诗歌的迷恋之中，北岛、顾城、舒婷、王小妮、席慕蓉，成为彼时满足我生命需要的食粮。自己也曾在小纸片上涂抹诗句，以挥霍太过敏感与丰富的青春情

[①] 略萨. 给青年小说家的信［M］. 赵德明，译. 北京：人民文学出版社，2017.

绪，虽零零碎碎，但真诚真挚。后来，不知道是哪一年的哪一天，诗歌悄无声息地远离了我，我知道本就流动不居的生命又到达了一个新的地方，在那里，我邂逅了散文，直到今天，它仍是与我最"贴"的文体。而小说却始终未曾与我有太过密切的交集。谈不上遗憾与否，生命如流水，或许我们本该尊重冥冥之中的自然选择。

然而时间又仿佛总在悄无声息地改变着什么。最近的一两年来，我开始时不时地想到小说。当复杂的现实激起内心新的情怀与情愫，当眼前的世相勾引出内在痛苦的深思与联想，当多面的人性超出了既往的理解与领受，当周遭的耳濡目染无法交付于诗歌或散文来承载，我想起了小说，想起了是否能够将这些素材交予优秀的小说家去表达和呈现。那些个瞬间，我仿佛看到了小说摧枯拉朽般地改造世界的力量。也是于那些瞬间，我开始理解和期待小说，隐约之中，又仿佛开始寄望于小说——在那个诗歌和散文无法表述的点上，小说应该能够承担些什么吧。

而恰好在这个时候我读了鲁迅文学院的高研班，虽然这是一个散文和报告文学班，但众多小说家出身的讲师也不断向我传递着小说的讯息，使我对小说又多了一个了解和介入的契机。今天的小说于我，就像是从微开的院门里射来的一线光，站在院门外我难掩好奇：小院里有什么呢？不妨进去看看？我捧读略萨《给青年小说家的信》正是怀着这样的心情。

诺贝尔文学奖获得者马里奥·巴尔加斯·略萨的12封信是写给青年小说家的，是回信，也是创作谈，他在信中征引80多位作家近百部作品，结合自己的创作经验侃侃而谈，无所保留，极尽了耐心和用心。而我在小说的领域仅是一个小朋友。所以，大作家在信中说的，有的我听懂了，有的没听懂，更多的是一知半解。面对与他通信的青年，他根据自己的经验，主要谈方法和技巧，从小说的结构、布局，时间、空间到风格气质、主题，他的讲解很细致。但理论一旦套用在实践上，对于本就是门外汉的我来说难免还是感觉有些绕，读到不明白处就会设想：假如自己有更多的阅读经验，理解起来就会相对更容易些吧。

而技巧之外"软性"的部分，我还是读懂了，比如他提醒青年要分清文学抱负和华而不实的荣誉与利益的界限，他将文学抱负看作写作的起点，是

"压倒一切的大事",是一名真正的作家的标志,有文学抱负的人跟随先天的倾向,听从内心的召唤,为了荣誉和利益的人则是另外一回事。比如在主题的确定和选择上,他说"小说家不选择主题,是他被主题选择",强调内在驱使以及态度的诚恳,"根据那个让我们着魔、让我们感到刺激、把我们有时候甚至神秘地与我们的生活紧紧地联系在一起的东西写作——可以写得'更好',更有信心和毅力"。

歌德在与爱克曼的谈话录中提到阅读时曾经说过,阅读一本书,关键看你吸收到了什么,"有什么光能照亮你"。我读略萨,就是本着这样的精神,在那些书页和信函中尽力吸收有益的营养,在相对陌生的领域获得更多一些的认知,领略不一样的风景。"虚构小说是内心对生活现状不满的结果","优秀文学鼓励的这种对现实世界的焦虑,在特定的环境里也可能转化为面向政权、制度或者既定信仰的反抗精神"。略萨在对青年小说家说,也是在对我说。他提醒青年,将文学爱好当作前途来做决定,有可能会变成奴隶。

谈及小说的说服力,略萨说要缩短小说和现实之间的距离,在抹去二者界限的同时,让读者体验到"仿佛那些谎言就是永恒的真理"。那么以我自己的理解,可不可以说小说编得要像真的一样?而谈及风格,他特别强调要去掉所谓正确的思想,赋予文字以能力和创造力,给故事注入生命的幻想。为此他还特意举出了一些作家的例子,那些作家破坏语法和文体规范,用学院派的标准去衡量犯下各种各样的错误,充满了不正确的东西,但这些"错误"和"不正确"反而成为他们的风格,并未影响他们的伟大。通过略萨的讲述,我明白了小说中的故事是围绕时间和空间运转的,小说中的时间是根据心理时间建构的,"这是一条毫无例外的规律"。

他还结合具体的作品讲解了小说的空间视角、时间视角和现实视角,讲解了三种叙述的形式以及其他不同的概念和技巧;然而最高的技巧是无技巧,他将一部成功的作品看作一个整体,在这个浑然天成的融合中,每一种技巧和方法都不是突兀或割裂的,"在作品中有主题、风格和各种视角之间的完美配合与协调,因此使得读者一经开卷就会被故事内容所迷惑和吸引,以致完全忘记了讲述故事的方式,并且有这样的感觉:这部小说没有技巧、没有形式,是生活本身通过一些人物、场景、事件表现出来,而让读者感到恰恰这些人物、场景、事件就是形象化的现实和阅读过的生活。这就是小说技巧的伟大胜利：努力做到不显山露水，架构故事极其有效果，使得故事有声有色、有戏剧冲突、精美而有魅力，以至于任何读者都丝毫没有察觉出技巧的存在"。

是的，文学毕竟不是科学，作家略萨在书信中剖析技巧之时，多次提到他自己也并不擅长或习惯于此类分解组合，一个成熟的小说家在运用这些技巧时是浑然不觉的，在文学和艺术的最高处发挥作用的也绝非那个可以拆解的部分。

在信末的附言中，略萨总结说："无论什么成功的小说还是诗歌总会有某个因素或者领域是理性批评分析无法捕捉到的。因为文学批评是在运用理性和智慧；而文学创作中，除去上述因素，往往还有以决定性方式参加进来的直觉、敏感、猜测，甚至偶然性"，"谁也不能教别人创作"。全书读完，这是最有共鸣的一段。和略萨一样，我无法想象缺少直觉、敏感和偶然性的文艺是什么样的，我想没有直觉的文艺必如枯木。而直觉、敏感和偶然性是"决定性的方式"，是上天的赋予。如果仅仅是努力，所有的努力都达不到顶峰；勤奋也一样。而所有站在顶峰的人，顶峰都不是他的目标。有时候凭借感觉可能比依照理论、方法和技巧来得更加完美。出彩的，只在天分。所以，此时我澎湃的头脑中闪现出一句话：无天赋，不文艺。

在最纯洁的地方开出的花朵

——读里尔克著《给青年诗人的信》[①]

卡卜斯,一个不甚知名的诗人、作家,在一个偶然的机会里——确切地说是在迷茫困惑之时,给时年三十几岁的诗人里尔克寄去了一封信,请教诗歌、文学和人生事宜,一来一往中就有了里尔克先生的这十封"给青年诗人的信"。

就像里尔克由衷感动于青年卡卜斯对他的无端信任一样,我亦被里尔克先生对这信任的珍视而感动,他将年轻人冒昧写来、倾吐心声的信视作对他"博大而亲爱的依赖",逐一认真地做了回复,直言不讳,却恳切由衷——大概诗人、作家的血脉里天生就流淌着真诚的气质,那恳切的话语不但使诗人受益,亦于字里行间时不时深入打动我——这种感动已经超出了文学和谈话的本身。

在第一封信里,面对青年诗人遇到编辑部退稿就不安的心情,里尔克提

[①] 里尔克. 给青年诗人的信[M]. 冯至, 译. 昆明:云南人民出版社, 2016.

醒他勿向外看，而应走向内心，同时引导他探寻写作的缘由，考察它的根是否盘在心的深处，诘问自己"万一你写不出来，是不是必得因此而死去"，并建议他在夜深人静时于自身内挖掘一个深入的答复。我很同意里尔克的做法，因为诗歌以及一切的艺术创造都是需要天赋的，有些东西不是琢磨得来的，不是请教得来的，不是刻苦经营得来的，甚至也不是苦苦求索得来的，而是天生就有、天生就在血液中酝酿着的，在合适的时机，于不得不发的时候自然而然、势不可挡地就会发出来，不发出来就会"因此而死"。而一旦发出来，便不可雕琢，不可更改，带着生命原始而又鲜活的气息，独一无二。艺术成就对于真正的艺术家是轻易的——也许这种轻易中带着许多不凡的积累和说不清的因素，但它的确是轻易的，如生命的流淌。

  这让我想起大学时代的自己和同宿舍的一位同学兼诗友，想到我们对待诗歌的两种不同态度。20世纪80年代末90年代初，北岛、顾城、舒婷还在影响着校园的年代，十八九岁的我们很自然地爱上了诗歌，不但读诗，而且每天都有"诗歌"不经意地从心底流出，句子或长或短，情绪或喜悦或迷茫，记在纸片或听课的笔记本上，都是无意间从心里流淌和迸发出来的"那一刻"的真实的状态——它对我来说就是如此，像呼吸一般，是"必须做"但又是再自然不过的事情。而晚上回到宿舍，熄灯后大家交流之时，我的那位同学常常会问她的诗怎么改合适，这么写好还是那么写好。这在当时的我看来多少有点费解：诗是可以随便改的吗？诗歌的出现是生命涌动至此，那么生命是可以更改的吗？当然，那位同学对她的诗精雕细刻是为了发表，而在当时，我全然没有发表的概念，即使要发表，那从内心流淌出来、无法抑制的东西也是不可更改的，任何的更改都会使它变得虚假而做作，都会让它失去本有的意义。于是我依然故我地听任自己的思绪随意流淌，任意抒发——因为"不得不发"，只有"发"出来，内心才舒畅而痛快。这就是里尔克说的不写出来会"因此而死"吗？生死一般的意味，的确是超越了推敲词句和发表与否的。今天，我的抽屉里还保留着那些青春岁月里从内心流淌而出的"诗歌"，几十年过去了，我的观点没有改变，那些诗也仍然保有着它最初的意义。这难道不是人生中一件美的事吗？

  如里尔克对青年诗人说的："从这向自己世界的深处产生出'诗'来，

你一定不会再想问别人,这是不是好诗。你也不会再尝试让杂志去注意这些作品:因为你将在作品里看到你亲爱的天然产物,你生活的断片与声音。"不要将诗歌看成诗歌,它是生命中自然而然的发生,是特定时刻生命的一部分。当它来了,如接纳呼吸一样接纳它;当它走了,你可能甚至没有意识到它已离开你。也许,一生中我们会遇到各种各样有益的载体,合适的契机里,合适的事物便会自然地出现,不需刻意留意,也不需刻意在意,悦纳有诗或无诗的所有时刻,生命在每一个时刻都有它不可取代的美丽。正如诗歌,如若是无法抑制的真实流淌,流出来的句子是这样或那样,都有它不可更改的独特之美——至少对于你自己有着不可更改的意义。

里尔克与诗人谈读书,引导诗人去读雅阔布生,希望他和自己一样从《尼尔·律内》里体会到人生的大幸福。"我们只有在那些书中享受日深,感激日笃,观察更为明确而单纯,对于生的信仰才更为深沉,在生活里也更幸福博大。"他告诉诗人不要去读审美批评的文字,让艺术在自己的感觉里发生,不须计算时日,该出现的必然出现,该发生的自然发生。艺术品源于无穷的寂寞,能够理解它们的不是批评,而是爱。他告诫诗人要从那些傲慢的谈谈讲讲的"多数"中回到自身,在"少数"的事物里延展永恒之爱,在寂寞之中不懈创造。

谈及自己的书,他直言不讳地对诗人说:"我很愿意送你一整份你所喜欢的。但我很穷,并且我的书一出版就不属于我了。我自己不能买,虽然我常常想赠给能够对于我的书表示爱好的人们。"这番话或许会引起很多作者的同感,很多时候作者的不能赠予,可能还并非一句"我很穷"或"我的书一出版就不属于我了"那么简单,用北京大学教授陈平原先生的话说,书落到不看书的人手里,也不是一件好事。自己出版第一套随笔集"书文化"系列丛书(《书与艺术:为美而生,与美同在》《书与人:随遇而读,自在欢喜》《书与城:家的记忆,生命的河》《书与生活:锦上添花,生活很美》)时,亲朋好友中索要者甚多,好意难却,自己花了一万多块钱买来送人,还是无法满足需要,拿不到书的自然很不高兴,甚至由此开罪于人也未可知,但事后发现,真正读你书的人不过寥寥——读书毕竟只是人们的诸多爱好之一,况且现在的很多人根本就不读书,或者压根没有时间静下心来读书;即使读,也会挑真正合自己口味的去读,而只有自己精挑细选买来的书才最符合自己口味,送的书多数难合口味。所以,与其让它落在不爱它的人手里,不如让它在书架上售卖给喜欢它的有缘人。我是不是有点较真了?有时我也会收到别人的赠书——有一朋友说他向朋友寄赠200本书,我是其中之一,当然据说有企业老板给他赞助,但不久就看到他在微信朋友圈里感慨地说:这些赠给了朋友,有的是真读了,有的是一页也没有读啊。言谈中多少还是有点落寞。所以,我再出第二套"笺边琐记"丛书(《那些人》《那些事》《那些时光》)时,就没有之前送书的冲动和盲目了,理解也好,不理解也罢,总之不是谁张口都送了。前不久跟陈建功先生见面,先生说别人送他的书太多了,无意间也发感慨:一大堆堆在那儿堆满了,你发现真正有价值的书实际没有几本了吗?这恐怕是另一个值得深思的话题了,在此不作引申。

该书的最后附有里尔克的部分诗歌和译者冯至论里尔克的文章,如冯至所说,诗人里尔克是对着无穷无尽的生命之流,发出沉毅的歌声:赞美,赞美,赞美……诗歌,本就是在最纯洁的地方开出的美丽花朵,让我们只与纯洁的为伍,让我们只吸纳美的一切。

陈艳敏 《风送百合香》

诗意的灵魂，博爱的力量

——读白开元编译《泰戈尔书信选》[①]

"第九届北京·南锣鼓巷戏剧节"上由蓬蒿剧场和北京大学外语学院亚非语言文学系联手推出的五部泰戈尔戏剧，使泰戈尔的影响在我心中又多了一层内涵，借此我又买来《泰戈尔书信选》，对照阅读，对大诗人、剧作家泰戈尔的了解也更深了一层。

北京大学外语学院亚非语言文学系魏丽明教授在《"理想之中国"——泰戈尔论中国》一书中对泰戈尔的概述是准确的：泰戈尔不是一个狭隘的民族主义者，他信仰"更高的理想"，追求"人类恒久的价值"、真善美的境界和世界大同的目标。他抛开狭隘的民族主义，怀着悲悯与大爱，站在一个更高、更远的点上看待文化、种族、国家，呼吁东西融合、团结互爱，并将教育作为最重要的责任，将文学当作天赋的使命，不遗余力地建学校、写文章，践行自己的理想，构建世界融合的纽带与桥梁。

[①] 泰戈尔. 泰戈尔书信选[M]. 白开元，编译. 北京：商务印书馆，2015.

《泰戈尔书信选》收录了泰戈尔给妻儿、友人以及《抗议纳粹的公开信》《支持中国人民抗日战争的公开信》等50封书信，从中可见泰戈尔的格局、境界阔大，令人仰为观止。

他以不懈的努力建学校。1921年他创办的国际大学倾注了他毕生的心血，承载了他世界大同的理想，1916年10月11日他写信给儿子罗梯说："圣蒂尼克坦这所学校应当建立起印度与世界的联系。要在圣蒂尼克坦建立一个世界各民族人文研究中心。单个民族的狭小时代已经结束了……我的愿望是让这个地方超越各个民族的地理界限，树立各民族第一面胜利大旗。在全世界砍断本民族自高自大的束缚之绳，是我晚年最重要的工作。"这所国际大学至今发挥着影响，成立于1937年的中国学院连同大作家本人也一度成为中印友谊的象征。

1924年，泰戈尔怀着对中国的向往来到北平，受到了热情欢迎。在北平，他写信给自己的孙女拉努说："过些日子，你会看到，中国学生将进入圣蒂尼克坦的国际大学学习。国际大学的学生和学者也将来中国学习交流。"他的愿望实现了，昔日的情景今日仍在，听北京大学的魏丽明教授说，今天，北京大学仍有学生到国际大学学习，国际大学也有学生来北京大学交流，中印的文化交往借由学校的平台仍在不息地延续。

他以天赋的使命写文章。文学是他表达理想的重要载体，大作家通过作品影响世界。正如泰戈尔所说，诗歌是他生命里的东西，是其真实的自我呈现，诗歌给予了他最深的造诣："我能用天帝赐给我的诗笔，在人们心田，耕耘播种。种子播完了，我的任务也会完成了。"诗歌和诗意是流淌在他的血脉里的，须臾不离。诗歌之外，戏剧与歌曲曾是泰戈尔文学创作的重要体裁，他的剧目在他所创办的国际大学乃至世界各地演出，借助舞台、灯光、道具和演员的肢体、表情，重塑高尚的精神品格和道德境界，传递人间至善、至美与大爱。

1924年，泰戈尔访华之时将自己的戏剧带入中国，在北平，佳人才子林徽因、徐志摩曾经主演了他的诗剧《齐德拉》。时隔94年的2018年夏，《齐德拉》连同《大自然的报复》《赎罪》《红夹竹桃》《邮局》等泰戈尔系列剧目于北京蓬蒿剧场再度上演，使首都的观众再次领略了泰戈尔戏剧之美。

学生社团的演出兴许还算不上成熟和完美，但作品自身的光芒无法阻挡和掩抑，承载着来自剧作者内部的无穷能量——那是不受时间、空间、表演者乃至个人生命约束的力量。作家去了，它依然在。《大自然的报复》深邃的哲思和诗意的语言、《赎罪》对美善矢志不渝的追逐与追求、《齐德拉》对本质与美德的崇尚与追随都给我留下深刻印象。

泰戈尔一生中还写了大量歌词，辅之以曲，影响世人。我应魏丽明教授邀请看的那场《红夹竹桃》是在北大外语学院演出的。演出前，来自印度国际大学的学生和北大的印度留学生再度唱起泰戈尔的诗歌，高远的情怀和明净温暖的曲调顷刻间感染了我，也感染了现场的每一个人……

在世界大同的博爱的点上，泰戈尔与罗曼·罗兰是相通的，诗人自己也说："在欧洲访问期间，与我交谈过的人中间，我觉得与罗曼·罗兰最为亲切……因此，我打定主意，我要以自己的行动和作品，加入他的队伍。"在他看来，"大于国家的理想，能使国家变得更伟大"。怀着这样的理想和信念，他写下了《抗议纳粹的公开信》："我呼吁全球的志同道合者手拉手，肩并肩，齐心协力，在我们每个人中间，实现人类的崇高目标。"他写《支持中国人民抗日战争的公开信》，立场坚定地谴责日本的野蛮行径，对其反人类的残忍行为深感痛惜。他几度写信质问日本诗人野口："作为一个民族主义者，难道您相信两国之间由于堆积如山的血淋淋的尸体，由于炸毁的城市废墟日益增多，你们两个国家才容易伸出双手，建立永久的友谊吗？"他立场鲜明地对野口说："我不能祝愿我爱的贵国取得胜利，我祈祷它心中萌生懊悟。"

诗人一生淡泊名利，坚持更高、更远的目标和方向。他对儿子罗梯说："我已远离这个大家庭和家产——这一切留给你了。""我的生活领域在别的地方——那个领域是我开拓的，目前需要我进一步开拓——我的人生和它一起成熟。"他对妻子穆丽纳里妮说："博大的恬静、高尚的淡泊、超越功利的情义、不谋私利的行事……这才体现人生的成功。"他要守护"心中的崇高理想"，"眼下我心中唯一的愿望，是让我们的生活朴素而简约，让我们四周的环境宁静、欢悦，让我们的人生远离奢华，充满善德"，"名誉对我来说分文不值"。1930年在美国，盛大豪华的欢迎晚宴带给泰戈尔的是深深的痛苦与不安，他写信给家人："今天晚上在饭店举行欢迎宴会，大约有五百人出席。没人理解，这样的安排对我来说是多大的痛苦。"

但他四海奔波劳顿，为大学筹款，为理想呼告，却不遗余力，在他的心目中，"国际大学不是抒情诗一类的事业，而是史诗一类的事业"。为了国际大学能够办下去，他费尽了脑筋，想尽了办法，几乎倾尽所有。在难以为继之时，他到世界各地演说、筹款、尽可能多地写文章挣版税，写信恳求国际大学的教师留下来。晚年的泰戈尔操起了画笔，办画展、卖画的款项也都用到了大学的开销中来。1912年，他写信给拉马南德·贾特巴达耶说："依靠我的财力，学校的部分教学如确能维持，那就让我的财力最后消耗殆尽吧。划燃火柴是为了点亮灯，可灯就是不亮，就让火柴烧尽吧——这几秒钟时间内，路走得越远越好。"

诗人以博爱对世人，以悲悯对众生，宽宏敞亮。他在信中不止一次地提及，他对在自己土地上耕种的佃农怀有愧疚。1930年，70岁的诗人在写给儿媳的信中说："今后不要再把自己衣食住行的担子放在贫穷农民和佃农的身上。这件事我考虑很久了。好多年前我就希望我们的田产成为佃农的田产。我们只当委托人，只要求收一些衣食所需的租金，就像是他们的合伙人……多年来我对自己的那些佃农的愧疚，依然存在。在我去世之前，在那个领域我难道不能开辟一条新路？"他将乡村改革看作是与大学建设一样重要的"人生大事"。当佃农及其子女生病时，泰戈尔总是尽自己的最大努力写信将他们介绍给当地最有名的医生，言辞恳切，饱含情义。

对家人，他更是一个有血有肉有感情的诗人。他随时写信给妻子、儿孙，体贴关怀，温暖慈爱。在挚爱之中，他又是有节制、通达透彻和无私的。谈及小女远嫁和儿女亲情，他在信中宽慰妻子："各种各样的爱之中，应有一定程度的离别和自由。""以往养育孩子们得到的苦乐，现在应完全忘记为好。他们来到世上不是为了让我们享福。他们的安康和人生成功，是我们唯一的幸福。"而诗人自己，却也难忘人生中已然流逝的动人片段："那天蓓拉儿时的情形一直在我脑子里萦绕。我花费大量心血把她培养成人……她是那么可爱，又是那么好强。住在公园路老宅子里，我为她洗澡。到大吉岭旅游，晚上起来热牛奶喂她。我一次次想起当初心中对她萌生的慈爱。可她对此一无所知，不知道也好。让她毫无牵挂地操持新的家务，心里怀着忠贞和情爱履行家庭责任，完美她的人生吧！我们就不要伤心了。"

对于儿媳,大诗人亦是爱护有加,他对儿子罗梯说:"你要记住,你完成了学业,积累了人生之路的盘缠,做了充分准备,从容地踏进了一个新家庭。但我这个儿媳和你不一样。她至今是个孩子。关于世界和个人,她知之甚少。在这方面她是不能和你平起平坐的。因此,你应承担唤醒她那颗心的责任。你要为她提供人生需要的各种营养。你有义务不让她身上各种潜能枯萎。在增添人生阅历方面,她是你的徒弟,你是她的师傅。你要把她当作一个人,全面周到地照顾她,不能只把她当作一个家庭妇女、一个享受生活的女伙伴。她的某些特长如因受到冷落而泯灭,必将打击她整个人性。"在给儿媳的信中他亦是谆谆教导,殷殷祝福,信中他对儿媳说:"我完全超脱尘缘地为你们祝福。我不应该想,你们幸福中有我的一份。'你们在人生旅途中将走我这条路',这样想是不应当的,强迫你们走,就太霸道了。你们的问题是你们自己的,你们的秉性是你们自己的,你们的道路是你们自己的。我能给你们的,除了慈爱和良好祝愿,再没有别的了。我的慈爱也是超然的,这样的慈爱不会对你们产生一丝一毫的压力,这一点,我应该时刻注意。"

诗人自己也是如此对待爱人的,他的妻子穆丽纳里妮相貌平平、几乎为文盲,但他从未嫌弃,以极大的耐心与爱长情陪伴,帮助其成长。在一封写给妻子的信中他说:"即使我们的孩子渐渐离弃我们的理想,渐渐远去,我们两个人,自始至终,也会成为彼此人性的支撑,成为为世事所累的心中的避风港,能够完美地走到人生的终点。"在妻子患病离世之后的数十年里,他独守其身,以"专一"诠释了爱情。

而诗人毕竟还是诗人,有着不可更改的诗人的秉性。太过操劳之时,他会回到诗歌,获得一刻的静心。1910年他从希拉伊达哈写信给儿媳:"今天上午,阳光明媚。河里涨满了水。我坐在船顶上做祈祷时,心里充满光明和美感。坐在河流、陆地和天空之间,心中感知着梵天,实在是太愉快了。"1930年他从美国写信给儿媳:"你看看我的处境吧。几千人这样大声嚷嚷,唉,我为什么坐在他们中间?我有什么罪过?国际大学有什么罪过?做了'忏悔',拱手告辞,我才能摆脱困境,每走一步,我都觉得我把真实变成了虚假。那虚假的负担多么沉重!我日夜思忖,哪天能让自己成为平民百姓,扔掉所有多余的行头中,悠闲地坐着,读书,写作,画画,上午下午,在有碎石小路的花园里踱步。之后在窗户旁身靠一张安乐椅，让我的绚丽想象融入辽阔天空的彩云——等等，等等，何等惬意！"诗人太累了，他时不时地还要回到诗歌的纯美空间。

有时他也会陷入哲人的沉思："孟加拉的田野、河埠、蓝天、阳光为何透现沉郁的苍凉呢？或许是孟加拉的自然景色特别引人注目的缘故吧。万里无云的晴空，一望无际的平原，金光四射的太阳，置身其间，觉得人太渺小了；人来人往，像渡船划过来划过去，只隐隐听见他们的交谈；世界的集市上，模糊地看见他们在人生的道路上颠踬，寻觅亘古如斯的些许悲欢。在浩茫冷漠、万世绵延的自然中间，那微语，那忽隐忽现的歌谣，那昼夜的琐事，是那么细微，那么短暂，充斥无谓的忧思。没有目标、烦恼，无需拼搏的幽寂的自然中间，可以看见博大的美和广阔而稳定的宁谧。"

静思观照的刹那，他还常看到自我的本性与本相。1906 年他写信给迪纳斯·昌德拉·桑："说实话，先生，我内心深处，'民族'、'爱国情怀'等单词全溜走了。悠闲时分，我的眼前浮现我的本相。""除了灵魂的自由，我们没别的自由。"有时他感到自我与自然万物联结，变得博大而浩瀚："我是人，因而我也是尘埃、泥土、流水、树木、飞禽走兽，我就是万物——这是我的光荣——我的意念中闪耀着世界的历史；我的存在中，汇集了所有的生物、非生物。所以，我的血液熟识海涛的节拍，与之共舞，但海涛不认识我；我生命的欢乐与树木生命的欢乐融合，开花结果……"

书读完了，掩卷静思，却难以平静。我看到了诗意的灵魂、博爱的力量。

生命的副本

——读爱克曼辑录《歌德谈话录》[①]

歌德的助手爱克曼在《歌德谈话录》中以切近的视角和日记的形式详尽记录了歌德晚年的思想和生活,于貌似散淡的日常闲谈中呈现了诗人真实的思想脉络。他记录的初衷或许只是自我激励,但后来他将这些谈话公开发表,期望更多的人"面对面"地聆听伟人的声音并且从中受益。这受益的人中,自然也包括我。

书中,歌德以长辈的身份时时给予爱克曼谆谆教诲,向爱克曼传递一些创作经验。在歌德看来,感悟能力的不同造就了艺术家和普通人的区别,"我们周围有光也有颜色,但是我们自己的眼里如果没有光和颜色,也就看不到外面的光和颜色了。"这独特的感受和发现,带给艺术家超于常人的快乐,一个真正有大才能的人在创作中感受到的是"最高度的快乐",而"才能较低的人对艺术本身并不感兴趣;他们在工作中除掉完工后能赚多少报酬

[①] 爱克曼. 歌德谈话录[M]. 朱光潜,译. 北京:中华书局,2013.

以外，什么也不想。有了这种世俗的目标和倾向，就决不能产生什么伟大的作品。"伟大的艺术总是能把猥琐的现实提高到他自己的精神高度。

歌德并不主张作家追求大部头而忽略了身边的生活，他说："如果你脑子里老在想着写一部大部头的作品，此外一切都得靠边站，一切思虑都得摊开，这样就要丧失掉生活本身的乐趣……反之，如果作者每天都抓住现实生活，经常以新鲜的心情来处理眼前事物，他就总可以写出一点好作品，即使偶尔不成功，也不会有多大损失。"为此他还现身说法："我的全部诗都是应景即兴的诗，来自现实生活……不要说现实生活没有诗意。诗人的本领，正在于他有足够的智慧，能从惯见的平凡事物中见出引人入胜的一个侧面。"

好的艺术家也并不一定就是与时代贴得最紧的人，相反，他常常以清醒的认知、超常的直觉或领悟力超越着时代，莫奈、塞尚、梵·高如此，卡夫卡如此，歌德也如此。他在一篇谈话中说："我和整个时代是背道而驰的，因为我们的时代全在主观倾向笼罩之下，而我努力接近的却是客观世界。"他在另一篇谈话中说："一切倒退和衰亡的时代都是主观的，与此相反，一切前进上升的时代都有一种客观的倾向。"当别人劝他学习席勒，他"仍然悄悄地走自己的老路，不去关心成败"。当别人中伤他时，他说这伤害不到他，因为他早已远走高飞了。"作为一个作家，我在自己的这一行业里从来不追问群众需要什么，不追问我怎样写作才对社会整体有利。我一向先努力增进自己的见识和能力，提高自己的人格，然后把我认为是善的和真的东西表达出来。"被大众认可不是目的，而是结果。对于时代风尚，他通过分析作品，还提出了艺术家是统治风尚还是被风尚统治的问题，结论是：伟大的艺术家统治风尚而不被风尚统治。即使身处风尚的统治之中，也不能局限在风尚里被风尚围困住，挣脱，即是伟大。在这一点上他特别提到莫里哀，而贺拉斯和哈菲兹在他看来是两个"超然站在各自时代之上"的人。

艺术家既要找到对象的普遍性，又要描绘出事物的个别性和特殊性，生成自己的风格。歌德从人格的角度看待风格。艺术讲究风格，但风格在他看来却非追求而来，而是在人格的引领下自然得来，如歌德所说："一个作家的风格是他的内心生活的准确标志。所以一个人如果想写出明白的风格，他首先就要心里明白；如果想写出雄伟的风格，他也首先就要有雄伟的人格。"

很多作家具有进入文学史的野心，但在歌德看来，伟大的作品首先意味着伟大的人格，只有显示出伟大人格的作品才能为民族文化所吸收。

当然，他并非一个狭隘的民族主义者，而是以更开阔的眼光和格局看到民族文学的狭隘性和局限性，认为诗是人类的共同财产。他主张"跳开周围环境的小圈子朝外面看一看"，并且感到"世界文学的时代已快来临了"。在这一点上，他和罗曼·罗兰以及那些具有同样眼光和见识的作家、艺术家站在了同一条线上。他站在一个超民族的视角，把邻国人民的哀乐看成自己的哀乐，在他眼里没有国别之分，只有文明和野蛮之分，他说："这种文化水平正适合我的性格。我在六十岁之前，就早已坚定地站在这种文化水平上面了。"跳出德国看德国，他说："如果我们能按照英国人的模子来改造一下德国人，少一点哲学，多一点行动的力量，少一点理论，多一点实践，我们就可以得到拯救。"他期望一百年后的德国人是另一种样子，"不再有学者和哲学家而只有人"。

他以成熟的心态和冷静的眼光看待经典。谈到读书、学习，他认为只有从古希腊才可以找到模范，因其作品描绘的总是美好的人，"对其他一切文学我们都应只用历史眼光去看。碰到好的作品，只要它还有可取之处，就把它吸收过来"。他并不迷信经典，而是认识到经典和经典气质同样重要，在谈及《圣经》时他表述了自己的观点："什么是真经，无非是真正好、符合自然和理性、而在今天还能促进人类最高发展的！什么是伪经，无非是荒谬空洞愚蠢、不能产生结果、至少不能产生好结果的！"无论你读的是什么，关键是你吸取了什么，那里面"有什么光能照亮你"。即使我们需向一些作家学习，自我也永远是主导，"关键在于我们要向他学习的作家须符合我们自己的性格"。"我"永远要立得住。"一般说来，我们只向我们喜爱的人学习。"学习，是为了加固我们自己的品质，我们必须按照自己的轨迹做自己。在莎士比亚面前，歌德也是如此，他说："我通过写《葛兹·封·贝利欣根》和《哀格蒙特》来摆脱莎士比亚，我做得对；拜伦不过分地崇敬莎士比亚走他自己的道路，他也做得很对。"他知道学习和模仿无法取到真经，为此他打了一个形象的比喻，"莎士比亚给我们的是银盘和金橘。我们通过学习，拿到了他的银盘，但是我们只能拿土豆来装进盘里"。

对于作品抄袭他有自己的认识,他认为人们对于事物的认识存在重复的可能性,"世界总是永远一样的,一些情境经常重现,这个民族和那个民族一样过生活,讲恋爱,动感情,那末,某个诗人做诗为什么不能和另一个诗人一样呢?生活的情境可以相同,为什么诗的情境就不可以相同呢?"博尔赫斯在他的谈话录中也曾说过,不同时代的人写来写去,写的也就是那么一两本书,大概也是此意。《圣经》不是也说"日光之下,并无新事"吗?人类的心路历程不是一直在重复吗?世界如若看透了,大概也十分简单。

他围绕自己的作品谈切身的看法,做出不同于评论家的见解。当人们,尤其是一些高屋建瓴的评论家由他的《少年维特之烦恼》联想到"维特时代"时,歌德宁肯将其还原到个人经历和个人情绪,他说:"使我感到切肤之痛的、迫使我进行创作的、导致产生《维特》那种心情的,无宁是一些直接关系到个人的情况。原来我生活过,恋爱过,苦痛过,关键就在这里。至于人们谈得很多的'维特时代',如果仔细研究一下,它当然与一般世界文化过程无关,它只涉及每个个别的人。"很多作品的诞生,想必都是源自内在朴素的情感和情怀。推己及人,歌德眼里莎士比亚的剧本也全是"吐自衷曲"。而在谈到他自己的《托夸多·塔索》时,他索性说:"这部剧本是我

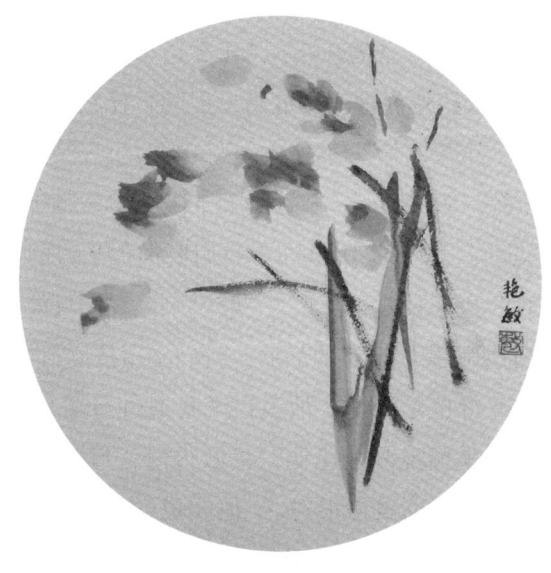

陈艳敏《春日迟迟,卉木萋萋》

的骨头中的一根骨头,我的肉中的一块肉。"作品与生命已经密不可分,成为他生命的一部分了。

作为一个伟大的作家,他与"伟大"有着深切的因应,他主张与伟人和第一流的作家接近,研究他们的思想,接受他们的熏染,向他们看齐,以"使自己的心灵得到高度文化教养"。他说:"我们要学习的不是同辈人和竞争对手,而是古代的伟大人物……一个资禀真正高超的人就应感觉到这种和古代伟大人物打交道的需要,而认识这种需要正是资禀高超的标志。"同时他注重天才,看重自然禀赋并在书中多次提及。在他看来,天才具有"创造一切非凡事物的那种神圣的爽朗精神"和"发生长远影响的创造力",他们的作品因有着鲜活的内在生命而得以持久。在谈及自己的创作心得时,歌德也多次提到将自我的感性气质注入理性题材的作品中,使之获得某种生气。正如每一个天才都能觉察到天才的存在,歌德看重天分,他说:"每种最高级的创造、每种重要的发明、每种产生后果的伟大思想,都不是人力所能达到的,都是超越一切尘世力量之上的。人应该把它看作来自上界、出乎望外的礼物,看作纯是上帝的婴儿,而且应该抱着欢欣感激的心情去接受它,尊重它。"回望文艺史上那些闪耀的明星,看看他们的行迹和创造,看看他们的作品在跨越了千百年之后仍在与你作着深切的呼应,你就知道此言不虚。

在他看来,天才和伟人都有一颗无可限制的自由心灵,并表现出鲜明的个人特征或个人倾向,在他的内在有一种不可抗拒的力量,使他挣脱外界给予他的一切枷锁,以顽强的生命力蓬勃生长。天才在某个领域或方面往往还有着他自己的先天倾向,使他在这个领域出类拔萃,卓尔不群。在歌德口中,拜伦冲破教会的教条和教义,但丁诗歌里的"天性",鲁斯对某类动物的天生同情均属此类。谈到莎士比亚,他说莎士比亚简直是不可谈论的,"莎士比亚并不是一个适合在舞台上演的剧体诗人。他从来不考虑舞台。对他的伟大心灵来说,舞台太窄狭了,甚至这整个可以眼见的世界也太窄狭了。"而他自己依靠预感写诗也是如此。他曾以切身的体会对爱克曼说:"真正的诗人生来就对世界有认识。"无须经历,他常常通过预感来描绘诗歌的情境。谈及《浮士德》的创作,他说在一些情节的发展上几乎是靠运气,取决于下笔时那一瞬间的心情和精力。此一时非彼一时,活的作品总是流动的、延展的，有着更多的变化和可能性，"神只在活的事物而不在死的事物中起作用，只存在于发展和变革的事物中，不存在于已成的、凝固的事物中"。天才和伟人常常走在前面，他是属于未来的，在他的人格和作品中常常有着许多"预兆未来的东西"。

谈及自己的功绩，歌德说他所做的就是"努力在这个思想混乱的世界里再开辟一条达到真理的门路"。事实上，人类每开辟一条道路都没么容易。在千年的创造之上，再多一点创造，在千年的智慧之上，再多一点智慧，并非想象的那么简单。何况，"日光之下，并无新事"。然而只有那"多"出的一点，才是对世界真正的贡献。其余的都是重复和赘物。那"多"出的一点，对于自己来说是创新、创造、更新或变化，对于大千世界和漫漫时空来说可能什么也不是，仅在"微不足道"和"忽略不计"之列。走在前面，破格而出的，必是天才和伟人。

因为走在前面，歌德也才感叹"我们这种人永远是孤立的"。天才是遭人嫉妒的，正如人性的复杂。歌德也未能幸免这一切，他在与爱克曼的谈话中说："我是许多人的眼中钉，他们很想把我拔掉。他们无法剥夺我的才能，于是就想把我的人格抹黑，时而说我骄傲，时而说我自私，时而说我妒忌有才能的青年作家，时而说我不信基督教，现在又说我不爱祖国和同胞。"继而他感慨："一个德国作家就是一个德国殉道者啊！"

对艺术的品评，是此书带给我的意外情趣和收获。文艺是相通的，歌德和爱克曼在这本集子里时不时地谈论绘画。早年的歌德甚至练习过风景素描，直到有一天他去了意大利，被那片丰沃土壤上的艺术大师所震慑，因自感无法超越而放弃了绘画，然而却毕生保持着对于绘画的兴趣和鉴赏力。作为一位诗人，他说绘画中要有诗的精神，应由伟大的人格将诗和绘画统筹起来，而"我们的画家缺乏的是诗"。"一般地说，我们都不应该把画家的笔墨或诗人的语言看得太死、太窄狭。一件艺术作品是由自由大胆的精神创造出来的，我们也就应尽可能地用自由大胆的精神去观照和欣赏。"他崇尚自然，但不主张抄袭自然，而是需"本着自由精神站得要比自然要高一层，按照他的更高的目的来处理自然"。同时他强调方法和手段，认为在学习艺术的道路上，既不能抄袭别人的思想，又不能光有思想而不会处理和表达，这两种状况都会影响艺术的发展。他谈及传统的继承和超越的问题，认为艺术存在源流关系，是在传统基础上发展起来的，大师是在吸取了前辈精华之后造就的，然而真正有才能的人会摸索出自己的道路，引领风潮或开风气之先，"拉斐尔和他的同时代人是冲破一种受拘束的习套作风而回到自然和自由的"。歌德说，即使学习古人，学习的也是古人的现实精神，"人们老是谈要学习古人，但是这没有什么别的意思，只是说，要面向现实世界，设法把它表达出来，因为古人也正是写他们在其中生活的世界。"无论是传统还是现代，画家只有具备了素朴天真和感性具体的特点，才能画出喜闻乐见的作品。

闲谈中，爱克曼也常常听到歌德谈论世道人心，讲述他的人生经验。有一天，他不无迷茫地说："这个世界上的人生来就是不知足的"，人性也永远不会是十全十美的，"一部分人吃苦而另一部分人享乐；自私和妒忌这两个恶魔总会作怪，党派斗争也不会有止境"。另一天，他又以通透的眼光说："人是一种简单的东西。"坐在自己的家里，他对爱克曼发表自己的看法，向他说明人们需要的原本没有那么多："多余的自由有什么用，如果我们不会用它？试看这间书房以及通过敞开的门可以看见的隔壁那间卧房，都不很大，还摆着各种家具、书籍、手稿和艺术品，就显得更窄，但是对我却够用了，整个冬天我都住在里面，前厢那些房间，我几乎从来不进去。我这座大房子和我从这间房到其它许多房间的自由对我算得什么，如果我并不需要利用它们？"回顾自己的一生，歌德自己也认为其可圈可点的是诗歌欣赏与创作，但总结经验，他也不无遗憾地说，如果没有外界的干扰、限制和妨碍，如果他能够多避开一些社会和公共事务，多过一点幽静的生活，他将会取得更大的成就，在此他引用了一位哲人的话："如果你做点什么事来讨好世人，世人就会当心不让你做第二次。"

这日夜的清谈是迷人的，即使在歌德掌管的魏玛剧院着火之时，两人还在不紧不慢地务着"虚"，谈论着剧本和艺术的问题，说不清是一种佩服还是一种幸运。

"听君一席话，胜读十年书"，在这日日的熏染中，爱克曼时能感觉到自身的成长，在1823年9月18日的日记中他写道："听了歌德的话，我感到长了几年的智慧。"而朝夕的相处也使他赢得了歌德的长久信任，歌德在遗嘱中曾指定由爱克曼为其编辑遗著。当《浮士德》的装订完成之后，看着自己投入了毕生精力的成果，大诗人歌德长长地松了一口气，他对爱克曼说："我这一生的今后岁月可以看作一种无偿的赠品，我是否还工作或做什么工作，事实上都无关宏旨了。"他已经将自己最美好的生命转移到了另一个副本之上，这副本延续至今。

陈艳敏《草木青青》

无以摆脱的命运

——读威利斯·巴恩斯通著《博尔赫斯谈话录》[①]

博尔赫斯,一位在中年后失明、从此靠口授的作家,谈话中始终带着一份了悟、清醒与睿智。也许,正是于失明的那一个时刻,于内观中他看见了色彩与光亮,看到了辽阔与丰富,获得了直抵本质的洞察力。

《博尔赫斯谈话录》,是阿根廷诗人、文学家博尔赫斯两次接受访谈的合集,是其对时代、文学乃至生命的思考。

不同于众多自恋的写作者,博尔赫斯从不在自己的书房和图书馆摆放他自己的书。他不看别人写他的传记。他也不在意自己的第一本书仅卖出75本。在他的个人意识里,政治、金钱、名誉与他毫不相关。写作是他无以摆脱的命运,就像自己必须别无选择地活着,冥定的命运感从小就被他意识到并且跟随了他一生,他顺从并甘于顺从这命运,他跟随自己的天性和内心的声音,伴着一个又一个灵感不停地书写,他说:"作家要以某种天真来写作。

[①] 巴恩斯通. 博尔赫斯谈话录 [M]. 西川,译. 桂林:广西师范大学出版社,2014.

他不应当考虑他在做什么，否则，他写出的根本就不是他自己的诗歌。"但他并不将作品看得过于神圣或重要，他写了就是写了，从不刻意地去记住，更不有意地去重温、宣扬或炫耀。回首自己的很多作品，他常常想不起来或者希望其并不存在。对于个别令他"反悔"的作品，他还曾去到大街小巷尽力从购买者手里收回，他不在意，却又那么在意。他看不见自己的"好"，也无法容忍自己的"坏"。然而他的写作是被动的接受，不是主动的寻找，"写作毕竟是一件十分神秘的事。诗人不应当干预他写出的东西。他不应当让自己介入作品，而应当放手让作品自己把握自己"。含有天赋的写作大概都如行云流水，自然天成。总之，博尔赫斯就是博尔赫斯。

在博尔赫斯的眼里，世人写出的书，只不过就是一本。"我个人认为，所有的作家都是在一遍一遍地写着同一本书。我猜想每一代作家所写的，也正是其他世代的作家所写的，只是稍有不同。"博尔赫斯说。如同《圣经》所言："已有的事，后必再有。已行的事，后必再行。日光之下，并无新事。"上一代的作家所写的，这一代的作家还在写着，这一代作家正在写着的，下一代的作家还会再写，所以，千古以来浩瀚的书海中，实际他就只看到了一本。而具体到众多作品中的某一本（他自己的也包括在内），是被珍藏还是被损毁，在他看来都无关紧要，这一世所出的，下一世还会再出，这一世所写的，下一世还会有人再写。他看待自己的作品也是如此，他说他所有的作品已经被编辑成一卷，"或许只有几页得以流传"。穿越时间，他显然看到了那个永恒的东西。而通透的写作，难道不是围绕这个东西展开的吗？这就是丹纳在《艺术哲学》中所说的"不变"但却恒久的东西吧！而当生命湮灭，一切便也都不复存在了。仿佛是从终极的角度，他看到了国家主义和民族主义的狭隘，也看到自身的无足轻重，就像他始终用肯定的口吻对对谈者说，自己终会被忘记。

失明的博尔赫斯借助一双天才的"慧眼"，有着直抵本质的能力。也许所有的天才都是简单纯粹、直抵本质的，他们以高度的敏感聚焦到一个点上而全然地忘却了其他，在这个点上不断地增强、爆发，形成固执的己见，由此以鲜明的个性与特质和他人区别开来，成为所谓的"伟大"者，而所有的伟大都是伟大者于不知不觉中成就的，梵·高如此，米开朗琪罗如此，罗丹如此，贝多芬如此，在这本谈话录中，博尔赫斯亦如此。具体到一首诗，博尔赫斯看到和重视的是诗歌的本身而非诗人，所以除了他所喜爱的惠特曼、斯蒂文森和弗罗斯特，他几乎记不住、也未想过要记住作者的名字，包括自己的名字他也从不放在心上，他说，如果可以，他希望他的诗歌隐去姓名被众人修改，成为最美的诗歌存于世间。他看重的是诗，是美，是那个最内在的部分，不是你的或我的名字，在这个问题上他超越了自我，抛开了成见。

作家的谈话录，始终带着很深的哲学意味。他似乎将自己放入了浩渺的时空，从宇宙的视角，观照到了万物以及自身的渺小，于浮躁的表象中看到了永久的虚无与寂灭。不知道这些思想是与《道德经》接通的刹那灵性的产物，还是他从休谟、贝克莱和叔本华那里受到的影响。他曾经研读老子，并曾梦想到中国来，他还是休谟、贝克莱和叔本华的拥趸，他将他们的书不仅仅当作哲学来读，还当作文学来读。在他看来，马克思和黑格尔之前的哲学家都有着很深的文学修养，透过这些书籍，他吸收了哲学，亦接受了文学，在天赋的作用下，呈现出别的作家没有的视角和境界。他是一位作家，更是一个了悟了生命的透彻的人。

不但他的谈话如此，被他看作"生命最本质的部分"的他的诗歌亦如此，肃穆、高远、恬淡而又超离。

> 我的一生
> 这里，又一次，记忆压着我的嘴唇，
> 我无与伦比，却又与你相似。
> 我就是那紧张的敏感：一个灵魂。
> 我固执地接近欢乐，
> 也固执地偏爱痛苦。
> 我已渡过重洋。
> 我踏上过许多块土地；见过一个女人
> 和两三个男人。
> 我爱过一位高贵的白人姑娘，
> 她有着西班牙的宁静。

> 我看到过一望无际的郊野，那里
> 落日未完成的永恒已经完成。
> 我看到过一些田野，那里，吉他
> 粗糙的肉体充满苦痛。
> 我调用过数不清的词汇。
> 我深信那就是一切，而我也将
> 再看不到再做不出任何新鲜的事情。
> 我相信我贫困和富足的日夜
> 与上帝和所有人的日夜相等。

简洁，开阔，虚无，通透。他经历的，也是世人经历的。
而在另一首诗中，他仿佛看到了自己从一出生就被赋予的使命。

> ……
> 我的双亲生我养我，是为了一个
> 高于人类日夜嬉逐的信念，
> 为大地，为空气，为水，为火。
> 我伤了他们的心，我没有欢乐。
> 我的生活辜负了他们青春的期望。
> 我把心用在了艺术对称的执拗
> 以及它所有织就的琐事上。
> ……

在神话诗《恩底弥翁在拉特莫斯山上》中，随着"我的孤独沿着平凡的道路在大地上蔓延"，我们看到博尔赫斯的意象是个人的，又是人类的、普世的，因此广大，辽远。让时光留下永恒和珍贵的，那留下的，将不被时间约束。

然而阅读抑或倾听的彼时，或许只有沉默。因为这仿佛也是我们无以摆脱的命运。

照亮世界，消失在黑暗中

——读卡夫卡口述、雅诺施记述《卡夫卡谈话录》[①]

23年前接触奥地利小说家卡夫卡，只是从他处听来的对他和他的代表作《变形记》的一份模糊的印象，此后的许多年里我却没有读过一本卡夫卡的著作。我的书架上原本是有一本卡夫卡的散文集的，但两年前翻开，也因晦涩或乏味而最终没有读下去——卡夫卡与我似乎并无太多交集和相通之处。然而我没有想到，今天的这本谈话录竟使我读得津津有味。

谈话录的作者雅诺施是小卡夫卡20岁的他同事的孩子，退避敏感的卡夫卡是怎么和一个孩子如此贴近、发生交集的呢？这个孩子从卡夫卡那里发现了什么或得到了什么呢？实际生活中的卡夫卡又是什么样呢？也许是因着这份好奇，书被我读了下来。

那个孩子的确是个有心的孩子，或者说彼时他怀着极大的虔诚。在与卡

[①] 卡夫卡口述，雅诺施记述. 卡夫卡谈话录［M］. 赵登荣，译. 桂林：漓江出版社，2015.

夫卡交往的两年中，他把卡夫卡说过的话及时记录下来，以至于在许多年以后、两位都不在了的时候，他的记录——从卡夫卡的音容笑貌到日常生活，都为我们再现了一个真实的卡夫卡。雅诺施在写下这些文字的时候，并不知道日后的卡夫卡会名扬天下，成为文坛一颗闪耀的明星，但在那时，他就被卡夫卡身上的光吸引，他频繁进出卡夫卡的办公室，与之散步、交谈、请教、聆听或争论；他敞开心扉，陪伴卡夫卡度过了一段难忘而快乐的时光。

能够给卡夫卡博士带来快乐并非一件容易的事。谈话录中的卡夫卡是压抑、忧郁和退缩的，他与外界仿佛被一道无形的墙隔开，或者说他像是被一个无形的壳包裹着，悄无声息地蜷缩于独自的一个角落。在工伤保险公司的办公室里，身为职员的他和沉溺于文学的他也截然地分裂为两个世界，他人在办公室的大椅子里，心却在飘忽在琢磨不定的别的地方。职业是他的宿命，文学则是他逃遁和喘息的一种方式。

"人们无需有特别锐利的目光，就能看到，公务员生活对于卡夫卡博士是一种折磨。"法律处处长的职位给予了卡夫卡牢笼般的束缚并使他极端厌恶，他无望地叹息着："我是一块破烂，甚至连破烂都不是。我不是滚到轮下，而是滚到一只小小的齿轮下，在这劳工工伤保险公司的黏黏糊糊的职员蜂房里，我是个微不足道的人。""我就这样让我的生命在办公室里窒息而死。"自父亲强迫他放弃文学攻读法律的那一刻起，他就不得不接受这个命运。他坐在那里，却心不在焉，他盯着案卷，却另有所思。他不相信法律能够让世界得以改善，也不相信法律能给人类带来福音和自由，在以约束为前提的法律框架内，他看不到意义所在。面对现实，人们都迁就度日、甘于平庸，但他不行，因为他是卡夫卡。流淌在血液里的东西毕竟是压抑不住的，卡夫卡顺应天性和命运，拨开世俗，兀自成长为文学的卡夫卡。

在那间空洞无聊的办公室里，雅诺施不时的造访给他带来欢乐，使他孤独、单调的生活有了一丝的活力。他喜欢这个小男孩。身处混沌杂乱的现实社会，敏感、细腻而略显柔弱的卡夫卡博士也许只能和孩子交往，相比于同社会往来，和这个小男孩儿交谈显然要简单、纯粹得多。从这个小孩儿身上，他仿佛看到了年轻时的自己，有一日他对雅诺施说："我和您说话，就等于和我的过去说话。"因此安全、自在。变幻莫测甚至有些稀奇古怪的他，时不时流露出忧郁的神情,这细微的变化,仿佛也只有这个孩子能够感知、捕捉和理解。再加上小男孩天性亦喜欢文学和阅读,于是他俩便心有灵犀、无话不谈,他们一起散步,一起畅聊,相互关心,彼此影响和启发,忘记痛苦和烦恼,为卡夫卡天生忧郁的背景镀上了一层温暖的色调。雅诺施在自己的父母争吵不休的某一天来到卡夫卡的办公室向他倾诉,卡夫卡锁好办公室,把钥匙放在裤兜里,站起来说:"您知道吗?我对办公室不感兴趣,您对一切使您感到压抑的事情不感兴趣。我们组成二重唱,散步去吧。我们得透透空气。"在某一些时刻,他俩同病相怜。

交往中,卡夫卡试图将自己的经验和认知传递给雅诺施,但有时又怕自己悲观忧郁的思想影响了雅诺施,这时他就会置身矛盾之中。

在雅诺施的记述下,卡夫卡是紧张敏感、不安逃避的,正如卡夫卡自称来自另一个世界,"连那些最亲近的人离我也是多么遥远"。他将自己比喻为一只寒鸦,一只"卡夫卡鸟",对于生活,有着一份隐约的绝望,"因为我的翅膀已经萎缩,因此,对我来说不存在高空和远方"。回到家里,他的心也无法安顿:"家?我住在父母那里。如此而已。我有一间自己的小房间,

陈艳敏《花枝拂人来,山鸟向我鸣》

但这不是家，只不过是一处可以掩盖我内心不安的避难所，而掩盖的结果则是陷入更大的不安。"办公室执意凌乱的桌面、家门前模糊的台阶甚至都成为他掩饰的凭借，以至于某些时刻，他看起来有些神经质。在他看来，世界是恶的，"我们生活在一个恶的时代"，"我们生活在一个充满鬼蜮魍魉的时代"，他身处黑暗，习惯了黑暗，以至于"缺乏对闪光的东西的意识和感受力"。在他看来，"每个人都生活在自己背负的铁栅栏后面"，沉重、压抑。文学是他的避难所，是麻醉剂。然而文学也令他不安，每次他的作品被人拿去发表他都心有忐忑，仿佛突然间被人窥见了隐藏已久的灵魂；被人撞见正在画着小画，他也会迅速将纸揉皱，丢进抽屉或垃圾桶，不敢或不愿让人看到。文学和艺术，对他，更像是一种私密的活动，是他血肉生命的一部分。他对雅诺施说："以马克斯·勃罗德为首，一定要把我的东西变成文字，而我又没有力量销毁这些孤独的见证材料……其实我自己也已经堕落，不知羞耻，亲自参与出版这些东西。"雅诺施出于崇敬，将卡夫卡的作品装订成合订本呈献给卡夫卡，这却给他带来了巨大的惶惑和不悦，当雅诺施说他是火、是光、是热时，卡夫卡说："您错了。我这些随便涂写的东西不值得订成皮面的精装书。这只是我个人的噩梦。根本不该印出来。这些东西该烧掉、毁掉。是些没有意义的东西。""我不是光。我只是在自己的荆棘丛里迷了路。我是死胡同。"文学连同命运，于他都是无意为之、本身自带的。

在那一刻的争辩中，雅诺施的预感是对的，他对卡夫卡说："您所谓随便涂写的东西，到明天也许是世界的重要声音。"

卡夫卡隐约看到的，则是文学和艺术背后的"空"和"悲剧性"。然而，在冰冷的现实和文学艺术这"悲剧"的"空"里，在孤独、逃避的自我意识之外，卡夫卡博士并未丢失对于世界的同情与关爱。在雅诺施的记述中，卡夫卡始终是悲悯宽厚的卡夫卡。这宽厚表现在生活的细节中，面对自己和卡夫卡都不喜欢的人，当雅诺施随意说出嘲笑对方无知和荒谬的话，卡夫卡就会非常认真地从反面站出来，站到对方的角度，指出这荒谬当中的不荒谬，以及嘲笑他人的无知与荒谬，为之辩护，也反观自身。当雅诺施为他抱不平，他立马就会站到雅诺施的对面，让他对于人生世事多一个理解的角度。当雅诺施评论别人"真是个粗人"，他说"哪里！他只不过习惯不同"。

当雅诺施说某某人笨，他说"笨是人之常情"。……他是易受伤的，但他永远不会伤害任何人，哪怕这人对他抱有敌意；他是不易理解的，但他永远理解和体恤他人。这是文学不能缺少的素养。而他在工作中出于深切的同情，违反常规主动为一位被升降机压断了左腿、前来理赔的工人出谋划策，并且暗中出钱为他请律师，帮助他申请到更多的抚恤金，则让我看到了文学的悲悯。缺少了这一份悲悯，他的文学恐怕达不到今天的高度。在清洁工的口中，卡夫卡的悲悯都是与众不同的。在卡夫卡生病后，一名清洁工在清理他的物品时对雅诺施讲起卡夫卡："卡夫卡博士是个很正派的先生。他跟别的人完全不一样。这从他怎样给别人东西上就能看出来。别的人把东西塞到你手里，那东西仿佛刺你一样。他们不是给，而是贬低你，侮辱你。有时，我真想把小费扔掉。而卡夫卡给人东西时总让人高兴。比如他上午没有吃完的葡萄。别的人吃剩的东西是什么样子，我们知道。卡夫卡则不同，他总是把葡萄或其他水果整理得好好的，放在一个盘子里。我走进办公室时，他只是那么随便说一句，说我也许用得着这些水果。可不是吗，卡夫卡待我不像老清洁工。"而一切对于卡夫卡，都是天生的。

在雅诺施的记述中，卡夫卡还是洞明世事、尖锐犀利的卡夫卡。闲谈中，"卡夫卡常常发表完全独特的、与众不同的、与常规相左的看法"，他的用词不多，却直抵要害，给人带来深刻的回味和启示，也使他在精神和境界上与周遭的人们区别开来。别人看到的是表象，卡夫卡博士看到的却是本质，别人看到的是浮在表面的聒噪，卡夫卡博士却刹那间抵达内部的深处，也许正是这独特的敏感使他先天具有了文学的素养，注定了他在文坛的地位和影响。而谈论文学在他和雅诺施之间也是家常便饭，雅诺施让他对约翰内斯·R. 贝歇尔的诗歌发表看法，卡夫卡说："诗里充斥了喧闹，挤满了词句，使人无法摆脱自己。诗句没有成为桥梁，而成了不可逾越的高墙……语句在这里没有凝聚成语言。那是叫喊，如此而已。"雅诺施向他请教弗兰茨·布莱的文章，卡夫卡说："从脑袋到笔的路比从脑袋到舌头的路长得多、难得多。在诉诸文字时，有些东西就失去了。弗兰茨·布莱是迷了路来到德国的东方轶事作家。"而在卡夫卡的自我意识里，"笔不是作家的工具，而是他的器官"，这当然是天才的认识，只有天才才有这样的觉知。他在潜意识里认为，作家不能逃避自己的使命，"逃避自己的使命是罪孽"，"作家的任务是把孤立的非永生的东西导入无限的生活，把偶然导入规律。他要完成的是预言性的任务"。

这日复一日的交谈和"名言警句"的洗礼，无意中给予了雅诺施深刻的影响，在又一个与卡夫卡交谈的契机里，回首往事，雅诺施在书中写道："我激动欣喜，时间过得十分愉快充实。我不再是一个小小的、无足轻重的职员之子，而是为世界和自己的道德标准争斗的人，一个小小的为人和上帝争斗的斗士。这一点我要归功于卡夫卡博士。因此，我敬佩他，尊敬他。他引导我深入地体验生活，我感到，通过这种体验，我一天天长大，内心越来越自由，越来越善良。因此，当时对我来说，最美好的事莫过于在卡夫卡博士的办公室里和他坐在一起，或者和他在布拉格的街道、花园、过道里漫步，怀着崇敬的心情倾听他讲话。"

有一日雅诺施走进卡夫卡的办公室，看到卡夫卡"埋没"于大堆的公文之中，开玩笑地对卡夫卡说："这真是公文之林了，您完全被它埋住，看不见了。"不料卡夫卡博士哈哈大笑，然后说："那就一切都妥帖了。写下来的东西照亮了世界，而让写作者消失在黑暗中。"

这话意味深长，仿若一道谕示，正如许多的天才那样，原来卡夫卡早就知道他自己写下来的东西，将会拥有一个怎样的归宿和未来。

是的，今天，我们的确被那些文字照亮着，而那个写下文字和认真讲述的人去了哪里呢？

化为天空，得千万只眼睛看着你

——读柏拉图著《柏拉图对话录》①

"柏拉图对话录"，通篇没有柏拉图，是苏格拉底与欧梯佛洛、克里同、费多等的对话录，以及苏格拉底自己的辩护词。而柏拉图作为一个记录者，却从另一个角度成就了他自己和苏格拉底，让哲人苏格拉底的思想和事迹名垂千古。

在雅典，"受神谕示"的聪明人苏格拉底四处和人探讨哲学，在市场，在市政厅，在体育馆，在路边树下、溪边草坪，他将他知道的或得到的启示告诉人们，将人们的目光从物欲引向心灵，从无耻引向道德，从邪恶引向正义，引导人们去探究真善美的基本原型和绝对标准，帮助人们从纷繁万象中看清事物的本质。他怀着良好的用心，在"神的感召"下传播他的思想和哲学，期待着一个更加明亮更加美好的崭新世界，然而，在他七十岁的那一年，他却遭到一时得势的政客诬陷，被蒙上破坏宗教、败坏青年的罪名而接

---

① 柏拉图. 柏拉图对话录［M］. 北京：商务印书馆，2013.

受审判，去面对从天而降的劫难。这本《柏拉图对话录》就是可怜的老苏格拉底殉道前的从容思辨。

苏格拉底一生追随哲学，在他看来这是他在接受神示，是神的感召成就了哲学的苏格拉底。在一个偶然的机缘里，苏格拉底从一位女祭司那得到神示，说他是世上最最聪明的人，他迷惑不解，因为他并不认为自己聪明，故按照神示去各行各业的聪明人当中寻找，试图找到一个比自己聪明的人，以了却这番困惑。但那些"聪明人"一个个让他失望，在有名的官员那里，他发现"我们两人虽然都不知道什么是美，什么是善，但是他虽然不知道却自以为知道，而我虽然不知道，并不自以为知道。在这一点上，我至少比他聪明。因为我并不以不知为知"。在著名的诗人那里，他发现诗人写诗也并非靠聪明智慧，而是靠天分和灵感，"同时我又发现这些诗人，因为自己写了诗，就自以为在其他事情上也聪明得不得了，其实不然。我终于自认为高他们一筹，离开他们"。在能工巧匠那里，他发现他们因为手艺做得巧，每个人都自以为在其他重大事情上也非常聪明，这个糊涂的想法蒙蔽了他们的智慧。遍访并得罪了很多人之后，他发现越是名气大的人越蠢，名声不大的人反而比别人聪明，同时他也看到了神谕的真义，"神只是利用我的名字，拿我做个例子，就仿佛是说：人啊，真正聪明的人是苏格拉底那样的人，他知道他的智慧实际上是微不足道的"。按照神示他决定做回他自己。

除了三次兵役，他终生不离雅典，不顾贫穷和困顿，怀着想到便说的直接坦诚，追随天理和正义，穷究人生和生命的真义，他影响了一批人，也开罪了一些人，审判席上，他影响的那些人想要拯救他，他开罪的那些人想要消灭他，而他，却是镇定自若、不为任何一方所动，在法庭，在监狱，在任何的一个地方，他只迷恋哲学，只信奉真理，只追求道义，为之生，为之死，而生死却都被他置之度外。通过变通的手段，他本来可以不被判处极刑，通过朋友自愿的帮忙，他本来可以轻而易举地逃亡，但他最后说服了朋友，将德行、道义、人格、灵魂看得高过了一切，用生命践行了始终如一、至善至美的苏格拉底。

在生命的最后时刻，他从容不迫地跟朋友谈生命、肉体和灵魂，谈灵肉分离，用大量的篇幅和通俗的语言证明灵魂不灭，思维依然那么缜密，逻辑依然那么清晰，不让朋友存有一丝一毫的顾虑，同时也使自己更加地深信不疑，直到朋友再无问题和疑虑，他才可"安心"远去。他认为人存在"天生知道某些事情而且终身未忘"的可能，这不仅符合凡人的品性之中"与生俱来"的生命经验，和中国古圣人"生而知之"的思想也是一种默然的对应。比苏格拉底早了一百年的2500年前，孔子说：生而知之者，上也；学而知之者，次也。老子亦说：不出门，知天下事。这些均是凭空而来吗？不被人们认知的领域毕竟还有很多很多。在此基础上，苏格拉底又谈到肉体的易腐和灵魂的永恒，当谈及"转世"之时，我们则又看到了其与佛教的汇合点……东西方古老哲学，相互穿插印证，大概是基于人类共同的生理构造和心灵认知。

论证之后，于"闲谈"的时刻，他又向身边好奇的年轻人描述了世界的样子："我认为，首先，大地既是浑圆的，居于天宇中央，就无须空气或类似空气的任何力量使它不坠落，它本身的均衡和天宇四方的均衡，就足以将它托住。""其次，我相信大地幅员辽阔，我们住在赫刺克勒斯双柱和法细斯河之间的民族，只不过是住在大地海滨极小一块地方，只不过像是住在池塘边上的青蛙和蚂蚁而已，还有许多民族住在其他这样的地区。""那大地如果从上面看去，竟像是由十二块皮子缝成的皮球，每块皮子都是一种不同的颜色，那种颜色在我们看来，就像是画匠用来找颜色的样板。而那儿的整个大地就是这些五颜六色，比起我们这儿的颜色来，更鲜明更纯净……那个美好的大地的产物，无论树木花果，都具有与其本身相称的美，一山一石无不如此……那里野兽很多。还有人类，或住在内陆，或住在大气的岸边，如同我们住在海边一样。还有住在岛屿上的，岛屿四周被气流所环绕，离大陆都不甚远……他们那里有众神的圣林圣庙，众神居住其中，那里的人可以用语言、预言、视觉与众神直接沟通，他们看到的日、月、星辰更真实，在各个方面他们都享有和那环境相称的幸福生活。"

聪明而博大的苏格拉底啊，他像往常一样和年轻人讨论、聊天，全然忘了那是劫难即将到来的时刻。而在离开之前，他对朋友克里同说的最后一句话竟是："克里同，我欠埃斯克拉庇斯一只鸡。别忘了还这笔账。"可怜的老苏格拉底，这个哲学的殉道者，在生命的最后时刻依然用行动践行着哲学。

费多在目睹了一切之后,在对话的结尾说:"在当代一切人中他是我们所认识的最善良、最有智慧、最正直的人。"

相较于普通的散文,哲学读起来显然有些沉重。这书我读得心里酸酸的,无论是苏格拉底,还是书的翻译者——水建馥先生译得唯美又典雅,而译者也已不在人世,只在前言后记中留下别人的怀念文章,和其通过译笔传递给我们的文字的美感和思想、道德、人格的力量。感动!感恩!斯人已逝,而世间的美,依然带着穿越时空、跨越生死的无限能量,与苏格拉底,与水建馥,与一切美和道义的追随者做着深切的呼应。

而柏拉图呢?那个默默记叙的柏拉图呢?译者于序中提及的他的一首诗亦将我们引向无限辽远和浩瀚的境界:我的星,你望着群星,我愿/化为天空,得千万只眼睛望着你……

陈艳敏《春山可望》

第二辑
循着那抹亮色,找寻你

"请相信总有那么一刻,我为人们所接受,并拥有崇拜者,他们会比那些仅仅是被虚妄表象所打动的人更热诚,更坚定不移。"

——约翰·雷华德编《塞尚书信集》

清茶尺笺论艺事

——读吴藕汀著《药窗杂谈》①

  吴藕汀，号药窗，该书是其子吴小汀摘自他与契友沈侗廔失散20多年重逢后互通的400多封书信，选取的是其中的"谈艺"部分。

  虽然每一篇都无标题，以日记体的形式呈现，但由于是与一世挚友书信往来，文字朴素平实，诚实恳切，颇为可信，于自然随意的家常之中展示了作者独到的艺术观念和艺术情怀，是不可多得的好书。

  知音难觅，首先令我感动的是吴藕汀与沈侗廔的友谊。根据"代序"中的记述，吴藕汀和好友沈侗廔同为嘉兴人，抗战时期，两位与程阆秋、郭蔗庭皆住嘉兴殿基湾，时有书画合作，号称"殿基四家"。后吴藕汀被嘉兴图书馆派往湖州嘉业堂藏书楼任职，渐与嘉兴失去联系。22年后，沈侗廔托人打听到吴的下落，于是有了长达17年的书信来往，直到沈去世。吴悼沈侗廔《邻笛词》一百阙详细记其一生的交往，另有词《金缕曲·悼契友沈侗

---

① 吴藕汀. 药窗杂谈[M]. 北京：中华书局，2008.

廑》,难掩心中悲伤:"哭也何为者,叹人生、恍犹梦幻,优昙衰谢。五十年来同臭味,交谊情深不假……。得恶耗、心如刀剐。纵有乌丝千万卷,意难消、那日黄昏夜。君既去,谁当写。"17年中,吴致沈的信不少于450封,沈致吴的信409封。这些书信中的诗词唱和一度还曾酿成"棹歌案",有人指责他们通信,并要求吴毁掉沈的原信,毁前,吴将沈所有的书信全文抄录在"练习簿"上,计62本,得以保存至今。

这些书信和情谊是该书的根基——如果不是书信,或许还会掺杂更多的干扰和顾虑;如果不是知音、没有如此深厚的信任,或许这些谈话就不会如此地真实和畅快淋漓。两个有着独到艺术见地、宽阔艺术视野、坚定艺术自信,坚守艺术、不懈尝试但却无欲无求的老人,飞鸿传递,淡泊明志,自修自为,乐在其中,给人以扑面的好感。

谈艺,首先对"艺"得有开阔的视野,至少得阅遍天下名作,悉数历代人杰,谙熟各类风格。吴藕汀有这个条件。"我十五岁至二十五岁绘画,二十五至三十五岁是玩印,三十五至四十五是度曲,四十五至五十五是填词,五十五……"他说他起初画画并不是出于本心的爱好,但挡不住家里有很多诗词书画的名家收藏和当代大师的你来我往,耳濡目染,浸淫沾染是水到渠成、自然而然的事。自由洒脱、平静超然、不以艺术沽名钓誉,更不以艺术为饭事的天生性情和现实造化又使他超脱于艺术之上,陶醉在艺术之中,唯艺术而艺术,唯艺术而谈艺术,因此真挚中肯,不事渲染,自然天成。"但求画几张画,填几首词,风花雪月,不受限制,已很可喜的了,其他无所希冀。""现在我画画最好的条件是可以我行我素,人家说好也罢,说不好也罢,反正不是从这里去寻生活的。""求名求利,两不相干。"这大概是对于艺术最纯粹最诚恳的动机了吧!正因为此,也才有了一种"大不吝"的洒脱和舒畅,"我不喜古人,更不喜今人,所以我不考虑'独特偏见,一意孤行'了。任他好者好之,恶者恶之,哪管得这许多"。

但他承认自己的绘画根源"也不是天上掉下来的","我也曾临摹过数以百计的名家画法,不论粗粗细细,人物、仕女、山水、虫豸、翎毛、走兽,甚至乌龙、博古都尝试过,难道说我要画唐某人、王某人那样的东西吗?我是不屑为。因为我有自己的一套,不去追随任何人"。他也不主张年轻人一上来就效仿大师直奔大师而去，而是记取白石老人的告诫："学我则生，似我则死。""除了临本外，不必要像这个，像那个。尤其是年轻人学老年人决没有好的结果。""名人的东西，不是处处是好，要学也要择其菁华，弃其糟粕，吸收进去，才有好处，盲目叫好，是无补于自己的。不合时宜，更不要理睬。艺术不是给人做奴隶的，否则就是亵渎了它的高贵品质。"但也不鼓励艺人就此轻浮和盲目高傲自大，"做一个艺人，对前人的作品，既要轻视，又要尊重。轻视可以表达自己的能力，不做奴隶；尊重是束缚自己的骄傲，帮助上进，都是有好处的"。更不主张年轻人投靠"名画家"靠"借仙气"来投机取巧，而是要花真功夫。"我总想年青人走上正规的路，不要学现在的书画界中的骗子和一班不择手段追求名利的小人。"

对于艺术，他自然有自己的独到见解。他阅尽大师名作，却又能逃出迷信的窠臼不被大师名作束缚，主张"胸无成竹"，追求自己独特的"气韵"和个人风格，呈现自己的面目，非常难得。张大千、徐悲鸿、齐白石在他的眼里都有瑕疵，有的甚至不堪入眼。他能够就每位画家的具体作品条分缕析、区别评判，而不是一概地跟风和人云亦云，这与他长期形成的艺术鉴赏力是分不开的。

他痛恨徐悲鸿的中国画，"徐悲鸿的素描不能否定他不好，可以说好。但是一张《愚公移山》真不算是中国画"，"徐悲鸿的画，只要不说他是中国画，我也很佩服他"。他不解在西洋画中已有很大声望的"徐某人"为何"偏偏要来毒害中国画"，在他看来，"'假中国画'比'假洋鬼子'更讨厌"。对张大千的"平庸"和"复古"也颇为审慎，"张大千先生，我少年时很佩服他，现在看来也很平庸，尤其是山水，不过是'野狐'罢了，花卉也没有跳出扬州八怪。"评判某画展上张大千的两张画，"一是花卉石榴，平平而已；一是山水，乱七八糟，没有笔法可言，真是骗人的东西"，"张大千的画黄山，是'黄山的黄山'，不是'张大千的黄山'，也就是说只有'客观'，没有'主观'"，"大千自从卷入了复古的漩涡，到了敦煌，从此他的画随之一落千丈，远远抛在石涛之后十万八千里了"。对于齐白石的不能藏拙等也有看法，"白石老人还有一个缺点，就是不能藏拙，他的人物实在可怕，不应该再画。刻图章、作诗、写字都不好，只有花卉出人头地，我看比吴昌硕好，因为吴氏太利用一个'巧'字，不是真本实力。"对于李苦禅的匠气他也不敢苟同，"李苦禅的用笔简直是刷帚，还像是什么画画，而且大笔小笔换个不停，不折不扣是个画匠。"对于郑板桥的"金钱重于交情"简直就是不齿了，"金钱重于交情，我认为决不是处世之道……，因为郑板桥的一张润例，我对他很鄙视，你看我从来不大高兴提起郑板桥的"，"艺术虽小道，首先要人品，学问在其次"。

在山水画方面，能够入他法眼的只有三人——宋米元章、明董玄宰、近代黄宾虹，"我以山水而论，服者惟米元章、董香光与黄宾虹三先生而已，其次只有文衡山。"而三人之中，他又首推黄宾虹，"我看近代张大千有才（这是天才），齐白石有学（这学是工夫），只有黄宾虹才当得起一个'韵'字。所以张大千、齐白石都没有完全脱去一个'匠'字。"对于黄宾虹的画作、观点他有颇多赞同，而黄于言谈之间对他也流露出赏识。即便如此，在对黄宾虹极尽欣赏的同时，他对黄的过于"求效果"等也持审视、批判态度，"宾老近一二年来，我对他老人家也有很不满的地方，总的说来是太求效果，陷于工匠"，"求效果就是从俗，从俗就是不雅。求效果好比一张画看了又看，加了又加，甚至几天"，"我认为宾虹先生山水中人物太不像人，并不是优点，应当要改善。一味地盲从他，也不是进取之道"。

陈艳敏《山中日月长》

"故而我要说，对于艺术'守旧是没出息，创新是发神经'，艺术的境界是要在其基础上稳步前进，才是真正的道路。不跑也不行，乱跑也不行，是要在跑与不跑之间，才能提高和突破。"

吴藕汀将绘画"六法"中的第一法"气韵生动"扩展到一切艺术，认为："艺术上是要讲究'气韵'的，写字、绘画、篆刻、属文等未尝不是如此。"而"'气韵'是无法学来的"，"诗词书画说来毫无神秘，其实十分神秘，只能知者知之，无法从言语和笔墨上来形容，此所谓'气韵'也。既不能著实，又不能空虚，真真假假，假假真真，在似真非真、似假非假之间，才算是'艺术'"。在书信中，他直言不讳地对好友说他的画在气韵上不输某某，"已超出一般人想象"，显示出由衷的自信。"画画要和演戏一样，不能太像，也不能不像，而且既不能太真实，也不能离真实太远，所谓要'进进出出，出出进进；真真假假，假假真真'才是道理。"关于画山水，主张墨多于笔，笔要藏而不要露，"笔不露锋，便是好笔，气韵即在此"。对"拙"与"巧"也有很多论述，主张拙而反对巧，"北宋人填词，有些句子似通非通，好像硬凑，那就是得了'拙'字的诀窍"，"近代只有齐白石和晚年的黄宾虹，很有'拙'的境界，如徐悲鸿辈去之远矣"，"齐白石的画比吴昌硕要好，是在他的'抑'——'拙'，'扬'过之而'抑'不足，还不及王一亭"，"徐悲鸿的马，除了画错后腿外，还太剑拔弩张，有凌人之势，不过扬而已，抑者不足"，"宾虹老人晚年的作品，说它是画，简直是照相，说它是照相，明明是画。就是这样，不易学到的工夫"，"为什么宾虹先生越是老年，气韵更加浓厚，这与骨气二字是分不开的"，"王福厂的篆刻，总没有邓粪翁来得漂亮，言菊朋敌不过马连良，也是这个缘故。归根结底，仍脱不了'拙'与'巧'"。对于黄牧父的刻印，他说他见了也不要，因为"很有作家气，一无气韵可言"，"因为没有气韵，很容易学，所以博得一些无术的人所赞扬。现在很多人赞扬他，因为不知道气韵为何物也"。同时他认为词也是"有韵的语言"。

在填词方面他颇为自信，一生当中自感得意的一是刻印，一是填词。书中引用他的词虽然不多，但能看出的确纯正自然、工稳流畅、富有美感。在填词方面他唯推北宋，反对诗人作词、文人作词，主张"词要姓词，不要姓诗，也不要姓文"。与诗、文决裂，从而保持词之为词的天然特性。"北宋以下的词,一首也看不得,否则就要落入魔道。因为北宋是词,北宋以下就不是词了。""三百年来(明清不必说)没有一人做得好词,就是因为大家都会做诗的缘故。"这个观点与"词是诗的特殊形式"、词与诗密切相关的论调是截然不同的,想必亦是吴老在艺术道路上特立独行的独到心得。他说:"自从明清以来,填词的人百分之百是从诗文中搞出来的,可以大胆说一句,会填词不会做诗,一个也没有,除非是北宋人。""清朝人以及近代人填词,很少人能够发挥自己的性格,都是在文字上打转,所以总不及北宋人那样自然有生气。""词实在是有韵的语文体,有点闲谈家常的情调。""我是民间的词,不是士大夫的词,与明清两代的人是格格不入的。""近几百年来,不会做诗而学词,我是第一个,在填词之前从来没有做过一首诗……,"所以曾经大言不惭地说:"画多让于人,而词则不多让于人。""我也不想与人一争高下,将来的人自会知道的。"录其一首词供大家认识:

长相思慢

题内子丁丑清明盐官留影

紫燕梁间,黄鹂树上,春光明媚新晴。墙花已绽,路草方匀,交融多少心情。并驾车舲。喜观涛翻雪,望屿罗星。柳色曳空亭。坐乌犍,衫杏风迎。叹换得相思,带来幽怨,挑尽旧梦孤灯。何堪留倩影,看当年,笑貌频仍。泪雨纵横。难释憾、归偕未曾。任鸳鸯、湖边淡月,黯然破镜无声。

他强调天赋,认为"艺术一事,全仗天才,'学'是没有多大效果的",赞同"生出来志气,学出来臭气",不主张过分的"求效果",比如诗,"应该随口吟来,便是天籁。比兴是要在无意中得之,乃是好诗。因为寻求比兴而去做诗,决不会有好诗的,何况也失去了诗的原意。"在一封信中他曾经劝诫好友:"我兄做诗经常要改动,最好也要戒去,以存其真。"同时也抨击诸如左手写字、指头画花之类的故弄玄虚,认为那如同马戏团里的杂耍,都是旁门左道,难登大雅之堂。"一种艺术的好莠是另一问题,第一是要正宗,不取巧,实事求是,不调花腔,才是正理。诚实则可靠,否则都是滑头码字和骗子之流。"

关于艺术与政治,他更是认为那是两不相干,"艺术是艺术,政治是政治","艺术不为政治服务,或许不能喧赫一时,将来自会永远存在,历史上哪里有艺术家为服务政治而存在的。这恐怕又是我的个性吧,当然是不合时宜的。我幸而常常不合时宜……","倘使文艺是为任何人服务的话,那么不是变成倡优隶卒了吗?何必卑躬屈膝来糟蹋它。一味恭维,哪里还有文艺的风骨"。

除金石书画之外,他还对影视、文学等有所涉猎,对于《红楼梦》,他有三个基本论点:一是该书不是曹雪芹所作;二是曹雪芹不是曹寅的孙子、曹頫的儿子;三是曹雪芹不是贾宝玉。对此他有详细的论据,在此不赘述,留待对红学有兴趣的朋友自己去看。

如黄宾虹对他的评价:"人弃我求,为斯世难得之人。"然而"曲高和寡,千古定论",偶尔吴藕汀也会陷入片刻的孤独,但他似乎并未绝望,他在书信中对好友说:"我实在好比被一些低等动物所包围,不得不发出电波信号,总有一天会被高等动物接收到。倘使你不发出,那么纵有高等动物也接收不到,你说是吗?"我想,是这样的。

读此书期间曾作打油诗,一并录于此,以作纪念:

一

性情笔墨托尺素,
旷世知音付清谈。
诗词画印有风骨,
自是气定又神闲。

二

一世无求天地宽,
大千悲鸿难入眼。
胸中自有丘壑在,
三两老友惟赏玩。

旷古词章推北宋，
抱朴守拙法自然。
清茶尺笺论艺事，
除却气韵不须谈。
阅尽名篇无成竹，
兴来舞墨两三点。
涓涓不壅为江河，
大师不足成羁绊。
清居闲屋任尔尔，
一任风雨掠山岚。
书画无关温饱事，
自在挥洒格自现。

陈艳敏《一花一世界》

循着那抹亮色，找寻你

——读道尔特、迪佩推编《马拉美与莫里索书信集》[①]

今天读到莫里索，就像从幽暗的海底又捞出了一串珍珠。

贝尔特·莫里索，几乎参加了印象派历届画展的法国女画家，法国谢尔省省长的女儿，马奈的弟媳，对艺术有着自我独到的理解、坚持与表达，集艺术与女性魅力于一身，却几乎淹没于历史的长河中。当人们提起莫奈、马奈、德加、雷诺阿，却似乎很少能够想起彼时生活在他们身边，和他们有着同样的艺术追求，并与他们交往甚密的女画家莫里索，她的画，似乎也很少引进到中国的展览中来，因此不为中国大众熟知。但这本书信集，还是勾起了我了解她的欲望。

书信集中的马拉美是一位中学英语教师、美术爱好者，经由马奈与莫里索相识，其与莫里索的书信往来始于1876年——他们相识的第二年，此后

[①] 道尔特，迪佩推. 马拉美与莫里索书信集［M］. 墨飞，译. 上海：华东师范大学出版社，2010.

长达 20 年，直至 1895 年莫里索故去。而最后的十年，两者的书信来往更显频繁，晚年的莫里索更是将马拉美作为了精神依托和最可信赖的人，在遗嘱中选定他作为自己心爱的女儿朱丽的监护人。

莫里索与马拉美的书信不长，常常就是那么一小段，颇似当下微博或微信的篇幅，虽然评论者在导言中说："信中词句腼腆含蓄，却充满赏识之情，看得出他们两人精神相通，又对文学与艺术有着共同的兴趣。"但展读那些书信，我看到更多的却是些家长里短，通报近况，往来邀约，或嘘寒问暖。女画家不止一次地邀请马拉美携家人到自己家里共进晚餐，"要是没有收到回音，我就当您是答应过来了，我可是盼着您来呢。""我时常想念着您，想着您全家。希望不久能再相见。""您会回信的，对吧？"恳切与期待溢于言表。在 1893 年 4 月 14 日给马拉美的信中，已经丧偶的莫里索更是流露出些许的伤感，在这封信的落款后面，她又补记了一行："行行好，您一回来就过来看我，好吗？"脆弱、无助得像个婴儿。

虽有分寸，但莫里索毕竟是感性的。

那一头的马拉美在信中与她拉着家常，面对女画家的热情邀约，他有时赴约，有时无法前往，但言辞恳切。看得出其与莫里索的交往也是愉快的。信函在寄出之时，马拉美还常常在信封上留下颇富个性的浪漫语句，不知是在表达自己的愉快心情，还是潜意识里为讨贝尔特女士的欢心：

> 当曙光初现，将森林染红
> 请将这本书
> 捎往遥远的维乐居大街 40 号
> 欧仁·马奈夫人手中

在那些信函中，马拉美亦始终保持着一份冷静，他在信末写下最多的是"献上我的友谊"。仔细想想，男女之间若能保持一份稳固而适度的友谊，也实在可被称为难得和幸运的事了。

坦率地说，读完这些书信，我并没有如评论者所说看到太多女画家的艺术见解，倒是从评论者占了该书 55 页的导言中了解了更多有关女画家的信息，尤其是从莫里索自己留下的一些文字里，我看到了女画家温暖和谐的内心、明亮洒脱的性格和乐观自持的精神，21岁的莫里索曾经写道："追求越多，要求也就越高。我的身心时常都有跌落深渊的感觉。行动的低谷，梦想的低谷，回忆的低谷，愿望的低谷，美感的低谷……欢乐和恐惧都会让我变得歇斯底里。""坚定的信念与不灭的希望才能带给我无穷的力量……每天上午，我都向上帝祈祷，向天父祈祷，向圣母祈祷。这祈祷是我拥有的力量，是我怀揣的正义的源泉。"这文字里分明有光，分明弥漫着某种我喜欢的色调和气息。

循着这份印象我到百度去搜索她的画，陪女儿玩耍的父亲，床边的女孩和狗，花园里的人物肖像，她的每一幅画仿佛都散发着浓浓的爱意，呈现了明显的女性视角和不一样的莫里索。就像黄色是梵·高的标记，最能表达莫里索的应该就是她的画里那抹明亮的白色了，她用那一抹轻柔的色彩去表现光，表现洒在窗帘、衣褶、地面、头发或脸上的光，她的眼里有光，她的画里便不能缺少这束光，这光和她温煦灿烂的心地相互映衬，与她文字里的光泽彼此辉映，传递给我，便是深深的吸引和莫名的感应。

因着这明亮的气质和气息，我喜欢这个画家。

所以当我读到她留给她最爱的小女儿朱丽的遗嘱时，我竟然刹那间泪流不止。她对女儿说："我的小朱丽，我爱你爱得要死，甚至在我死后仍然爱你那么深。千万别哭，我们分别的这一天终要到来，我多想活着参加你的婚礼……别哭，我的孩子。我爱你。吻你。"原谅我，在抄写如此的句子时，我不知道自己何以又已是泪流满面……画家，深深地触动我。

莫里索，马拉美，还有那个被画家宠爱着的她的女儿朱丽，今天都已经不知去向，捧读该书的此时，只留下感叹与感伤给我们。

追光逐影,踽踽独行

——读约翰·雷华德编《塞尚书信集》[①]

塞尚的书信留给我的印象正如他的画在我脑子里的印象一样是模糊的,拿起他的这本书信集时我竟然想不起他具体的一幅画作,远不像梵·高的鲜明和热烈。而他的文字,也无《梵·高艺术书简》的细腻、抒情和优美。

而这就是塞尚。

每一个生命都有着不同于他人的意义和价值。

梵·高在给弟弟的书信中曾经大段大段地谈艺术,艺术就是他的生命、他的呼吸,是他无以摆脱的血液和气质,他用诗意的笔调、挚爱的情怀,饱含激情地涂抹眼睛所见,急切地将"美"分享并传递给他的弟弟、他的朋友,他的生命与他的艺术、他的书信完美交融,无论是信笺上、画笔下还是内在的最深处,都流淌着动人的音乐和诗歌,呈现优美的画面。与之相比,塞尚的书信给我的第一感觉则明显地"枯燥"和"乏味",翻了几页,看到

[①] 雷华德. 塞尚书信集 [M]. 刘芳菲, 译. 上海:华东师范大学出版社, 2010.

的多为一些无关要旨的日常琐碎，之后索性直接从"青年时代的书信"跳到第二、第三"从印象派时期到与左拉断交"和"致青年朋友的信，关于绘画的信件"部分。但通篇的风格依旧如此。

书信从与左拉的友谊开始。塞尚和左拉的友谊曾被两人深刻记取，两人自青年时代相识、相知，日后保持通信长达数十年。在他们青年时期的书信往来中，除互通信息和日常寒暄之外，较为显眼的部分要算塞尚的诗歌了，在放松的状态之下，画家塞尚常把自己即兴创作的诗歌随信寄给作家左拉，两人在灵感的迸发和信笺的传递中袒露着真情，交换着意见，呈现出难得的纯真。这样的诗歌，或许只有在与密友的通信中才能看到，如一丛丛小花，给平凡的日常添加了一些点缀。

后来塞尚和左拉分隔两地，但依然保持书信来往。彼时的左拉已在写作的道路上为自己开辟了坦途，而塞尚还在印象派的前夜迷茫、挣扎，为迎接曙光积蓄着力量。像梵·高因囊中羞涩一次又一次地求助于弟弟提奥，塞尚也因生活拮据而不得不一次又一次地向好友左拉借钱，他请求左拉"再寄100法郎""再寄60法郎"，左拉一次次有求必应地满足了他。除了借钱，塞尚还常请左拉依靠自己的名声和威望在展览、宣传等方面帮助他，每一次左拉都尽己所能为他提供了方便。他看重这友谊并信任左拉，甚至将自己的遗嘱交付于左拉，虽然后来左拉先于他离开了人世，而且在此之前，两人也因左拉的一篇小说而断交。关于这篇小说，书信中没有涉及，但在《马拉美与莫里索书信集》中我曾读到，左拉的小说以塞尚为原型并将其描述成一个失败、龌龊的落魄形象，从而惹恼了塞尚，迫使这段友谊遗憾地画上了句号。

塞尚在这本书信集中时不时地流露了一些独到的艺术观点，显示出他对于传统的怀疑和"反叛"的端倪。他在1866年前后给左拉的一封信中说："我认为前辈大师们所有描绘户外事物的作品都表现得模糊不清，因为它们给我的感觉不真实，特别是失去了大自然原来的面貌。"这点发现和"感觉"就是他生命和血液里印象派的萌芽，之后的塞尚便奉自然为师，始终在室外作画，捕捉大自然中百变不拘的光影，欢呼"龚古尔兄弟、毕沙罗和所有热爱色彩（光和大气的代表者）的人万岁！"他抛弃理论立足于大自然，认为"谦卑而伟大的毕沙罗的那些反叛的理论是有道理的"。在他看来,"艺术是一种与自然并行不悖的和谐"。尤其是到了晚年,在最孤独、最寂寞的时刻,绘画陪伴并温暖了他。在生命的最后一刻,他深爱的儿子和妻子在亲人的呼唤下也未能来到他的身边,但那一刻,于另一个意义上他还是如愿了,如他所期望的那样,他握着画笔离开了人间,多少留给了后人一丝的宽慰。

塞尚的一生是困顿的一生,也是探索的一生。1885 年 8 月 31 日,一封署名于连·唐吉的书信是封催债信,于连·唐吉在信中先是诉说了自己被催债的遭遇,继而请求塞尚"尽力还一部分欠款给我。在减去您此前所还的 1442.50 法郎之后,您总共还欠 4015.40 法郎"。这封信还记载说:"我这里有一张您 1878 年 3 月 4 日签名的欠款两千一百七十四法郎八十分(2174.80)的欠条,所以您还要给我一张欠款 1840.90 法郎的欠条。如果您希望所有的欠款都写在一张纸上,请您尽快写一张欠条过来,我会把您 1878 年写的那一张还给您。"此信写得恳切,当读到末尾"亲爱的先生,如果您能在此紧要时刻帮助我,我将感激不尽"时,我禁不住联想到:借钱的都是上帝啊。这一封信没有回复,不知道塞尚先生是不是还了这笔钱,也不知道接了这样一封信的彼时塞尚先生作何反应,但在 1901 年秋天,他在写给青年朋友的另一封信中说:"我只是一个贫穷的画家,画笔可能是上天赐予我的表达方式。"贫穷一度困扰着他,但最终无法限制他,他孤独地行走,但不曾迟疑,他说,"我一直在画画,但是没什么成果,我离主流太远了吧"。对于绘画,他有自己的理解,"我总是在作画,但不是为了达到傻瓜所追求的完美。人们如此庸俗地对完美赞赏不已,其实那只不过是画工的作为,完美会让整件作品以毫无艺术性和平庸而告终。我乐意做的是使其更真实、更富有想象力"。正如天才总是能看到自己的走向和未来,塞尚怀有同样的自信,他清楚地知道自己的价值,在给母亲的信中他说:"请相信总有那么一刻,我为人们所接受,并拥有崇拜者,他们会比那些仅仅是被虚妄表象所打动的人更热诚,更坚定不移。"

书信再现了印象派诞生前后的历史场景。塞尚和其他几位印象派同道的画作落选,他写信给毕沙罗,称"这事既不新鲜,也不令人吃惊",他们开始酝酿和筹备新的展览,"雷诺阿和莫奈将要给美术部寄信,以抗议沙龙将他们的作品放在了很差的位置,并要求明年单独为印象派举办一次展览",马奈被沙龙拒绝后甚至要在自己家里展出自己的画……拒绝和排斥给了他们天然的机会和成就的契机,他们和他们的作品带着天生的倔强和新事物的活力,于困顿中寻找着出路,与传统做着无言的对抗,直至走出了一条自己的、特立独行的道路。

当然,走在最前面的人因无迹可循和困难重重也难免迷茫,在传统和现代之间,塞尚的心情实际是复杂和摇摆的,在参加印象派画展时,他于1876年7月2日写信给毕沙罗,说:"我们可以两边都不得罪。我将和印象派画家们一起展出我最好的作品,在其他人看来很中性的作品。"在1879年4月1日的信中他对毕沙罗说:"我寄给沙龙的画引起轩然大波,在这样困难的情况下,我想我最好不要参加印象派画展。"然而到了晚年,塞尚的回顾是冷静和中肯的,他在1905年1月23日写给罗杰·马克思的一封信中说:"在我的想法中,并不是过去被替代了,而仅仅是给过去增添了新的一环。"的确,历史上的每一次创新,即使是天翻地覆,也都只是在传统的道路上迈出了一小步、添加了一点点而已。而这每一步的前进、每一笔的添加,又是那么的不易。

晚年的塞尚喜欢和青年交往,1906年10月15日他在给儿子的一封信中说:"我认为那些年轻画家比其他人聪明得多,老画家们只当我是一个令人不快的对手。"

在书信中,他喜欢与年轻的画家朋友谈心。他对一位年轻画家说:"我努力工作,追逐成功,我蔑视所有在世的画家,除了莫奈和雷诺阿,我想通过工作来取得成功。"他对另一位年轻画家说:"诚然,每一位艺术家都希望尽可能提高自己的智力水平,为此就不得不离群索居……一旦我实现梦想,我仍然呆在自己的角落里,和几个画室的朋友喝喝小酒。"他向青年交代自己的状况:"绘画进行得勉勉强强。我有时充满激情,更多的时候则感到令人痛苦的失望。这就是人生吧。"已经年迈的他还不得不与衰老做着抗争,"从画作和表达手段的角度看,对大自然的理解进步了,但这种进步却是伴随着年龄的增长和身体的衰弱,这个事实真令人痛苦。"1906年7月的一个星期五，他给儿子写信说："早上四点半——八点钟温度就令人难以忍受了——我已经开始画画了。要是年轻就好了，可以画很多画。"信中还夹杂着一些逸闻趣事，于鲜活的细节中再现了19世纪末、20世纪初法国文学家、艺术家的日常风貌，"两天前，罗兰先生来看我，跟我谈了谈绘画方面的事。他还提议为我在阿尔克河边摆一个浴者的造型。这倒挺合我的意，不过我担心这位先生是想获取我的习作"。

无意中他也对自己的绘画理念做了梳理。塞尚教导青年画家临摹杰作，更要临摹大自然："通过接触大自然，来唤醒自己心中蕴藏的艺术直觉与情感。"他鼓励青年摆脱大师和他人的影响，呈现自己的面目，力避成为"模仿别人的人"。他说："不管您喜欢哪位大师，他对您应该只起一种导向作用。否则，您就只会是一个模仿别人的人。""卢浮宫是一本很好的工具书，但它只应该起一个中介作用。探讨大自然的多样性，才是现实、绝妙的研究。"他崇尚自然，强调自己的风格，与中国画的师造化、"学我者生，像我者死"等理念惊人一致，"我们在卢浮宫这本'书'中学会了'读书'。然而我们不应该满足于保留前辈们的美丽公式。我们应该从公式中走出来，去研究大自然，尽量摆脱前辈们的影响，依据自己的气质去尽力表现自己"。在给一位青年画家的信中，他欣喜地说："您已经有判断应该做什么的智慧，很快就能摆脱高更和梵·高的影响了。"他认为只要对自然有一些感觉，又有一些天赋，最终就能摆脱别人的影响而凸显出自己的个性。"不管我们在面对自然时表现出怎样的气质和能力，我们应该做的是再现我们看到的画面，而忘掉所有以前出现过的东西。我想，这样才能让艺术家充分展示其或强或弱的个性。"他说。

他重视绘画的手段和方法，更强调找到内在的原动力："只有原动力，即性格能让人达到目标。"别人的建议和方法不应该改变自己的感受方式，在绘画中，自我是最不该被忽视的因素，"文学家以抽象的方式表达自我，而画家则以素描和色彩为手段，将情感和观念具象地呈现出来。对于自然，我们多细致、多真诚、多顺从都不为过，但我们多少是自己模特的主人，特别是自己表达方式的主人。深入了解自己面前的事物，然后坚持以尽可能符合逻辑的方式将其表现出来。"官方沙龙之所以总是那么差，在他看来，"原因就是他们只注重作品中或多或少的技巧。最好应该在其中注入个人情感、观察和性格。"

当然，方法是基础，塞尚知道掌握方法不仅能够帮助画家更自由地表达，还能让他的艺术为公众理解并在艺术史上占据一个恰当的位置。所以他在书信中向青年传授了一些具体的方法，比如他说："要通过圆柱体、球体和圆锥体来处理大自然，以透视法来观察一切物体，即一个物体、一个平面的每一边都趋向一个中心点。与地平线的线条产生广度，即自然的一部分……与地平线垂直的线条产生深度。然而，对我们人类来说，大自然的广度不如深度，必须在用红与黄制造的光线颤动中导入足够量的蓝色，以产生空气感。"而最终，他认为只有在大自然当中才会领悟到这些表达方法。

……

就是这样，画家在书信中消磨着，絮叨着，将一段真实的岁月留在了纸上，然而纸上却永远无法呈现曾经鲜活的生活。时光如梭，经历了这一切，画家去了，此时我们读着画家留下的文字，却再也无法还原彼时的光景了。

陈艳敏《诗意的白桦林》

为美而生，与美同在

——读梵·高著《梵·高艺术书简》①

又是深秋银杏树叶儿变黄的日子了，那种勃发着生命的，热烈、执着而又绚烂的颜色与梵·高画布上的黄色多么地接近！而在这个深秋的银杏树照耀下的日子里，我怀着某种崇敬和热爱沉湎在梵·高的书信中……带着闪烁的灵性，带着温热的呼吸。

我几乎在他的每一封书信中都情不自禁地画了线，圈出我喜爱的句子，以及能够找到某种根源的东西，某种鲜活的细节，一种遥远的联想，或者某种莫名的联系。

而当这些书信带着艺术家的虔诚一股脑呈现到我眼前的时候，我还是被他的丰富惊呆了——在这里我看到的梵·高不只是向日葵的梵·高——我不知道向日葵究竟使他的艺术走向了巅峰还是走向了终结，但我看到，向日葵仅仅是他生命的一部分。

---

① 梵·高. 梵·高艺术书简[M]. 张恒，翟维纳，译. 北京：新星出版社，2010.

是的，梵·高贫穷、敏感、执着、勤奋，同时也快乐、正直、悲悯，复杂的性格中或许还夹杂着一点神经质，他被美感召，激动而又平静，热烈而又孤独，然而任何一个单一的向度，都无法准确地概括梵·高。

向日葵，不是全部

许多年前，是《向日葵》的那一片狂热、绚烂而又执着的色彩将我引向梵·高。

我在1998年9月24日的日记中写道："曾经一度喜欢梵·高，喜欢他的作品，喜欢他的作品中散布着阳光的颜色，喜欢温暖，喜欢温暖而又热烈的色调，那其中似乎渗透着渴望，生命有时候像无数只眼睛，在无可交流中同自己交流。""在这种颜色中，他体会到的是按捺不住的热情还是隐含于深处的孤独和凄冷？人们无从知道。"

似乎，那是一种遥远的呼应。

梵·高在给高更的信中说："如果说金宁更擅长牡丹、蜀葵的话，那我一定比其他人更擅长向日葵。"向日葵代表他的最高成就，他无法不被那抹热烈的颜色吸引，他是于向日葵的巅峰时刻走向死亡的。

然而向日葵并非他的全部，在他仅有的十年艺术生涯当中，至少有五年他是沉浸在《播种者》《织布工》和《吃马铃薯的人》等幽暗的色调里，他要画出乡村泥土的气息，而只有这幽暗的色调，穷苦的人才与这片土地和谐地融入。

他对贫苦人怀着特殊的感情。

在艾尔沃思，他写信给他的弟弟提奥："秋天的傍晚，在栗树环绕下，巴黎圣母院显得如此壮丽。但是在巴黎，还有比秋天和教堂更美之处，那就是穷人，我时常这样想。"他的墙上挂着老农夫的习作，他努力创作"属于自己的写实但带有感情的作品"。

也许，艺术就应该带有内在宗教般的虔诚，而写实的东西或许才能将这种虔诚表达到极致。1881年1月，梵·高在布鲁塞尔写信给提奥，"我非常喜欢风景画，但与之相比，我十倍地喜欢那些源于生活的习作，一些令人震惊的现实主义的东西。"他对弟弟说:"相信我,对艺术品而言,诚实是最好的策略。"他的一切努力仿佛都是为了画出真实。"我努力创作一些属于自己的写实但带有感情的作品。"的确,他的《饭前祈祷》《抽烟斗的老人》《悲伤的妇女》,乃至《农夫的破鞋子》,在写实之中无一不带着感情。

他给提奥写信说:"当我在吉丝特街上、在石南丛中、在沙丘上作画之时,我是个全然不同的人。此时,我丑陋的脸、破旧的外套和周遭的环境非常和谐,我才成为自己并快乐地工作。"

"穿着打着补丁的厚粗棉布衣,秃着头,多美的老工人啊!"他由衷地赞美身边的穷苦人,他投入了无限的热情,在施粥所、三等候车室等这些贫穷的"下等人"待的地方画画。当他来到海牙,他依然对弟弟说:"不瞒你说,我永恒地思念石南树丛和松林,还有别具一格的人物——一个收集柴火的可怜的小妇人,一个掘土的贫苦农夫,那些流露出海洋般雄伟气质的纯朴的事物。"

1885 年 1 月 20 日他写信给提奥:"外面阴沉沉的,田野是黑泥巴和白雪掺混而成的一堆东西,白天的多半时间,雾霭笼罩或阴雨泥泞,黄昏能看见红太阳,早晨可见乌鸦和枯败的草和凋零的落叶,灌木灰暗,杨树和柳树的枝干在阴沉沉的天空之下,僵直得像铁线。这是我踯躅户外见到的景象,与无光的冬日的室内气氛相当协调。同时也与农夫和织布工的容颜相协调。我没有听到后者的抱怨,但他们面临艰苦的一季。"

他就是这样怀着悲悯的情感在作画,在阴暗的调子里捕捉美。在他眼里,"穿着厚粗棉布衣在田野工作的农夫,比其在星期天穿着绅士服上教堂,更具独特气质。"在他内心,"绘画农民生活是一件庄严的事,如果我不努力画出一些能在认真看待艺术和生命的人身上激发庄严思想的作品,我会责怪自己。"

他是一个感性的画家,正如所有的艺术都需要感性的滋养,天才的艺术家更无法脱离情感,他的情绪,更是借由黯淡、忧伤的调子百倍地放大于他早期的作品中。直到有一天他来到法国南部的阿尔,他才逐渐地被丰富的色彩感染,油画也逐渐地变得明朗起来。

1888 年 10 月,在梵·高的极力邀请下,高更来到他在阿尔的画室和他一起工作，后来由于个性不同两人不欢而散。现实中的分离并未影响梵·高对他的倾慕与怀念，两年后梵·高在给朋友的信中称高更是一个很好的艺术家，一个怪人。高更走后，他画高更曾坐过的"空的椅子"，他的描述带着感情："这幅写生画中画着他那有淡绿色草垫的棕红色木安乐椅，没有了高更的椅子上点着蜡烛，并放着几本当代的长篇小说……"

再看这幅《高更的椅子》，似乎被一片幽幽的深情渲染……

在内在情感的深处，画家是宽容的，即便他对高更的行为感到不解，在信中他依然对弟弟说道："不过，他……让他做任何他想做的，让他有自己的独立性。"并且他写信给高更："尽管如此，我仍然希望我们俩可以尽可能地互相欣赏，如果需要，可以重新开始。"

今天，人们熟知他的向日葵，但却不知向日葵并非他的全部。正如他给妹妹威廉明娜的信中所说："我认为在美术中鲜活并且永存的，首先是画家，其次才是作品。"

陈艳敏《更无柳絮因风起，唯有葵花向日倾》

为美而生，与美同在

他对一切的美都保持着原始的冲动和热情，并随时被眼前的景象震撼，梵·高就是为美而生，与美同在。

在伦敦，他写信给弟弟提奥："我已经找到一处满意的住所，而且发现看一看伦敦人的生活方式以及英国人，十分有意思。我还会欣赏大自然、艺术、诗歌。如果这些还不够，那还要怎样呢？"

"伦敦的郊区有一种独特的魅力，小住宅和小花园之间，点缀着草地，通常还有教堂或学校或贫民习艺所夹杂在乔木和灌木丛之间。太阳在傍晚的薄雾中透出红色的时候，这里是如此的美。""每个人都在回家的路上，每样事物都有周末夜晚的味道，喧嚣之中出现了安宁祥和。"

他现场作画，保持生活中"那一刻"的直觉。而这种对生活的热爱并非始于他学习绘画，1874年在伦敦，当他还未正式走向绘画道路的时候，他就写信给他的弟弟："尽量多出去走走，保持你对大自然的爱，因为这是越来越深刻地理解艺术的正确道路。"

在巴黎，他对弟弟说："你会在旅途中看到很多美好的东西的，虽然对大自然的热爱不代表一切，但这始终是可贵的，我们应该永远保持这份情感。"

当他来到法国南部，他被那里的阳光和色彩感染，绘画的调子也逐渐明亮，色彩日益丰富。他以艺术家的独特敏感发现着美，捕捉着美，因应着美，他被周遭的美所震撼，在画下来的同时，他还写成文字寄给弟弟："石南树丛生的荒野之中点缀着零星的小屋，公鸡在小屋的周围啼鸣，我们途经的小屋被细瘦的杨树包围，仿佛能听见落叶的声音……石南树丛生的荒野和麦田之平远景致，其平静、神秘、安宁，唯有柯罗才能画得出来。"

"阿尔的乡村景色一片平远。我看到一片广袤的种有葡萄藤的红色土地，背景的山脉为最柔和的紫色。还有雪景，雪白一片映衬着散发着和雪一样光辉的天空，就像日本人笔下的冬日风景画。"

他眼中的南方五彩斑斓，天蓝、橘色、粉红、朱红、明黄、鲜绿、明亮的酒红色、紫色……他说："当我为阳光和色彩效果做选择的时候，没有什么能阻止我这样想：将来会有许多画家跑到热带国土上去画画，你想象一下，这会是一场绘画的革命。"

他对妹妹说："太阳的能量巨大，像是硫磺，光芒四射，怒蓝的天空——有时候这里色彩丰富得就像荷兰总是阴沉一样。""很可惜不是每个人都见到过这两种极端。"他看到了别人看不到的景象，画出了别人无法企及的画。

他无时无刻不在享受着绘画，享受着美，"羊群在霞光中归返家园的景象，是我昨日所听到的交响乐的最后乐章。一天像一场梦一样过去了，我还如此沉醉于动人的音乐里，以至于全然忘记了饮食——在描画过手纺车的那家小客栈里，我吃了一片面包，喝了一杯咖啡。从黎明到日落，更确切地说，从一个晚上到另一个晚上，我已经迷失在那首交响乐中。回到家来，坐在火边，我觉得饿了——是的，非常饥饿"。

在他的眼里，无处不在闪烁着美的亮光。在播种者，在悲伤的女人，在秃头的老工人，在纽恩南的田野，在农夫的破鞋子当中，在阿尔绚丽的色调里，他尽可能发现美。

是的，那是一种天赋的直觉。与其说刻意追寻，不如说源乎本性。

画家似乎对自己的天性有所察觉，他对妹妹说："已经形成的喜好也不一定一成不变，能够有直觉就好，直觉是很伟大的，事实上并不是每个人都拥有直觉。"

他终日不停地画画，投入，忘我，全然地沉浸在绘画的喜悦中。

虽然梵·高一生都在贫困中挣扎，朝不保夕，也得不到社会的肯定，但谁说画家又是痛苦和悲哀的呢？

"我虽然经常处在痛苦的深渊，但内心深处仍有宁静、纯粹的和谐，以及音乐。在最穷困的小屋，在最肮脏的角落里，我看到素描和图画。我的心灵将被一股无法抗拒的力量引向这些事物。其他的事物渐渐对我失效，它们使我的视线越来越快地落于那些如画的事物上。"

他写信给弟弟："正如你猜想的，绘画于我，似乎并不如你想象的那样不寻常，相反，我非常喜欢绘画，因为这是一个非常强烈的表达方式。"绘画使他产生共鸣，充满喜悦，他与绘画不可分离。他手中的画布、颜料，以及心中暗自流淌的诗和音乐成就了他，仅从这个意义上来说，梵·高也是高贵的。

更何况他的美，被内在深沉、真挚的情感牢固地滋养着。他执着，他悲悯，他同情，他热爱，他享受他绘画的一切过程。在他看来，"一个想画肖像的人必须首先对人亲善，富有同情心，否则绘画的过程会乏味冷淡。""我并没有任何确切的计划，因为我认为画画的过程更有意思。"

谈到《晒鱼的谷仓》，他对弟弟按捺不住内心的喜悦："我希望你喜欢这幅素描：遥远的地平线，越过村庄屋顶和小教堂尖塔的景色，海边沙丘，一切如此美丽。无法告诉你，我以何等愉悦的心情来描画它。"

冥冥之中，他被美感召着。这是上帝丰厚的赐予。

其实不光是绘画，他在文学、音乐乃至琐碎的生活中皆能迅速地捕捉美。惠特曼的诗歌让他露出会心的微笑，"所有的诗都是如此的坦诚、纯洁，会让你深入其境。"在《悲惨世界》里，他看到自我"对于人性的热爱以及对于高贵事物的信仰和感知"，"今天下午的好几个小时，我都沉迷于此书中。走进画室时，已日薄西山。由窗口望向宽广黑暗的前景——掘过土的花园和深色调的、有温暖黑土的田野。斜对面是一条泛黄的沙土小径，两旁是如茵绿草和细瘦的白杨树。背景是一个城市的灰色剪影，隐约可见车站的圆形屋顶、塔尖和烟囱。红色的太阳挂在正上方几近水平线之外。这景色像煞雨果的一页文字"。在我读来，这景色又是多么地像他的一幅油画！事实也是如此，他的确常用诗一样的文字向他的弟弟描述自己的作品。

有时候他会感慨："一个人能够发现多少美？"

1883年9月4日，他写信给弟弟："接到你的信时，我刚从洛斯德伊嫩后面的沙丘回到家里，全身湿透了，因为我在雨中坐了大概三个小时，那些景色能让人怀念起吕斯达尔、杜比尼或者朱尔斯·杜普雷。我画了缠扭的、有节瘤的小树，还画了雨后的农场景色。一切都是古铜色的。唯有在每年的此时的大自然，或是杜普雷的某些画作中，才能看到这一切。美得令人难以想象。"

在阿尔，他写信对弟弟说："一天晚上，我沿着寂寥的海边散步，感受既不快乐也不哀伤,而是纯粹的美。"

在给高更的信中,他表明:"我忽略一些有外在美的事物,不能对其进行再创作,会将其画得丑陋粗俗,即使大自然看起来那么适合我。"

因此,画家一直在强调绘画的"灵魂"。他期待在作品中找到灵性的印记,画出深处的灵魂,以此步入伟大和无限。

他对美的感悟和捕捉,正是来自灵魂深处的情感,他的每一幅作品,其实都在撼动着他自己。因此对于自己的作品,不管世人承认与否,他都非常珍爱。

借助神赐的灵感,梵·高似乎发现了自己的使命,他说:"看,在未来的很长一段时间里,我们可能会成为献身于一个时代的画家。"

一个被美引诱的,内心流淌着诗和音乐的高贵画家!

陈艳敏《忘忧草》

"以平静的喜悦沉浸在绘画中"

1881年1月，在布鲁塞尔，梵·高写信给弟弟提奥："我必须告诉你我开始画画了，我并不打算放弃它，所以这是我首选的道路。不仅仅是因生活需要而根据绘画技巧画人物和风景，而且也画依据文学、地貌等因素的深厚作品，这很难达到。"

他向弟弟描述自己的工作状态："最近我忙于画画，画了许多作品，而且我为画出的东西而高兴。"

而在此之前的1880年，甚至更早他就已经开始在画画了。1880年在奎姆，他写信给提奥："前两个星期我一直从早到晚地画，我每天看起来精力充沛，事实上依旧充满渴望，我正在复制《田野》，我正在忙于画《剪羊毛的人》。"

1882年9月，梵·高来到纽恩南，直到1883年的夏季，他一直在海牙。正如译者所言："海牙的各个角落都留下了他写生的足迹。一片海滩、一丛树、一张破渔网、一个割草的人，都能令梵·高发现美。"他在海牙过得很开心，因为在那里他发现了许多美好的事物并将它们呈现出来，码头、小巷、街道、住宅、等候室，甚至沙龙都是他愉快他写生、消遣之所。"我整天创作、操劳、干苦差事，但我身心愉悦。如果不能努力画画或更努力画画，我将变得气馁。"他说："我处于持续的狂热中。"

他对贝尔纳谈起他画的夏夜的草图："我在凛冽的干风最强烈的时候画的这幅画。我的画架用铁钉固定在土里，我建议你也可以使用这种方法，把画架的腿深深地插入土中，然后将50厘米长的铁钉插入土中，固定在它们周围，你可以用绳子将他们完全绑在一起，这样就可以在风中作画了。"

他对贝尔纳说："我有时不能自控地想起塞尚，恰恰就在此时，我意识到他的几幅作品中，他的感触看起来是多么笨拙——原谅我使用了笨拙这个词——由于他可能是在强烈干燥的冷风中画出的那些作品。我有一半的时间也需要面临这种困难，我就明白了为什么塞尚的画有时让人感觉如此美，有时看起来却很粗糙。那是因为他的画架在摇晃。"

也许环境恶劣，也许际遇不佳，但画家的内心是快乐的。他终日不停地画画，时而他也将自己的行为归结为勤奋，但勤奋更有可能是一种表象，画画对他是一种吸引，一种不可抗拒的内在引诱，他时常在画中找到愉悦，获得自信和安慰，并使信仰愈加巩固。

他说："我不适合做生意或专业研究，并不能证明我根本不适合成为一名画家。"

他画画，但他没想为什么画画，事实上他没有动机，绘画于他，只是冥冥中的吸引。没有人，也没什么事情能够阻止他画画，他就是为绘画而生。这种冲动来自生命不可知的神秘的深处。绘画，是他生命不可分割的一部分。经受坎坷、磨难，但他始终忘我地投入到绘画中。绘画不断地启发他，唤醒他，给他的生命注入无穷的活力，"我最大的希望就是创造出美好的事物，创造美好的代价是：努力、失望以及毅力"。

"我喜欢在街上画素描，我希望素描能更完美。"

"今天早晨4点，我已来到外面。"

"好了，我写得十分匆忙，因为忙于画画，我从早到晚画大量的画，因为有时候一切都无与伦比地美。"他通过色彩来作诗，正如在音乐中寻找安慰。绘画，就是他的生命。

绘画使他满足。"在我看来，我常常富有如大富翁，此非指金钱，我富有（尽管它不是每天发生的）是因为，在绘画中发现可以将心灵和灵魂全部投入的东西，并赋予生命灵感和意义。"

在绘画中，他是快乐的。在他描述绘画的文字里，也看不到向日葵的热烈燃烧和几近毁灭的疯狂，而是缓缓的平静和喜悦。

他欣赏绘画的美，也欣赏文学的、生活的、其他艺术的、一切的美。他问提奥："你读过都德的《萨夫》么？……它非常美，并且充满活力。"

在阿尔，他用半打向日葵来装饰画室，他写信对贝尔纳说："加工或没加工过的铬黄会点燃各种各样的背景，蓝色的背景，从最浅色品绿到品蓝，用木框装裱，木边刷为铅橙色……哈！我亲爱的朋友，让我们尽管为眼中所见的一切狂欢，是的，这样做！"他在对向日葵的注释中寻得安慰。"每日清晨，太阳一出来我就开始画画，因为向日葵凋谢得很快，我要快速地抓住开花的全部。"

绘画于他已经不是绘画,而是超出了绘画本身,他对弟弟说:"人们会感觉身临其境,像是这样的一天能收获什么?仅仅是许多粗糙的速写?我还带回别的东西——以平静的喜悦沉浸在绘画中。"

自我,在平静中坚持

译者在卷首发出的感慨是贴切的。"世上并没有一个可以与他分享快乐与痛苦的人,更不存在'可能分享他的野心和梦想的人'。"

梵·高在写给拉帕德的信中说:"他们的轻视让我非常寒心——没有人对我的画有一点点关心。"他对妹妹威廉明娜发出类似的感慨:"对画家来说,有一个可以真正理解其作品的灵魂是一种安慰,事实上这种情况很少。"从这个意义上来讲,梵·高的确是孤独的。

但他并未因此而心灰意冷,更没有放弃,而是在平静中坚持——他对他的作品深信不疑。因此,他不以为然。

1882年3月他写信给弟弟提奥:"如果经济能力许可,我愿意为自己留住自己正在绘画的一切作品。"他绘画的主题、构思、动机有别于多数画家,但他说:"不要因为这人或那人的主张丧失自己的观点。"即使作品无法卖出,他也坚信自己作品的价值。画家是骄傲的,因为在他的生命中,有一股天生的力量——我不知道那能不能被称作信仰,但他无疑是坚定的。

他对提奥说:"我们可以平静地让那些同伴去看不起现在的那些作品。幸运的是,我非常知道自己要什么,并且对那些说我绘画匆忙的批评完全漠不关心。为了对此回应,我画了一些甚至比前几天更加匆忙的作品。"

面对他不喜欢的提斯蒂格的批评,他对弟弟说:"够了,不谈这些了。我不应当遭到他的责备,如果我的画不能让他感到愉快,那么向他展示那些画也不能让我感到愉快。他认为我的素描不好,而这些素描有很多优点,我不期望从他的口中说出什么好话来……关于这种事,我宁可失去他的友谊,也不该向他投降。"他保留着个性,拒绝成为平庸之才。

他在绘画中找到自我。聆听并跟随自己内心的声音,他做出最为正确的选择。他拒绝学院派的创作，因不堪忍受安特卫普美术学院的专业训练而选择逃离，但他对弟弟说："我没有闲着，虽然没画模型，但我可以告诉你，一旦自由了，我将画得更认真、更有活力。"他知道，珍爱并相信油画的人少之又少，"但无论怎样，他们都是存在的"。因为看到了未来，所以他不放弃当下的跋涉。

是的，他做每一件事都有他内在强大的依据。这种固执是可爱的。

"我很少根据记忆画画——我很难用那种方法画。但是我常常立即面对自然，比开始更能保留了自己的感受，少了一些眩晕，因为面对自然，我更是我自己。"

"我夸张，有时还改变基调；尽管如此，我并未对整幅作品作虚假的捏造；恰恰相反，事实上我已经完全发现了它，它无非是必须经过整理而已。"

这种内在的强大像黑暗中的灯盏，冥冥中总能给他指明道路，告诉他应该做什么、怎么做。

他写信给妹妹："理想的简练风格在现代社会里会让生活陷入困境，而且有这种理想的人，最后都难以实现理想，就像我。"

但他依然坚持，始终保持着鲜明的个性。

他对贝尔纳说："我并不想参加什么讨论——我在这些抽象画法中看到了危险。如果我非常平静地画画，美的主题就会自动出现。真的，最重要的是，要在没有预先作出计划和没有巴黎人的偏见的情况下，到现实生活中去积聚新的力量。"

他对阿尔伯特说："我发现区分印象派作品和其他画派作品是件困难的事情。我认为把我们近来所见的情况划分成派别，是没有意义的，这种荒谬让我害怕。"

对于艺术，对于艺术家，他也常常保有自己鲜明的见解。

1884年1月24日在纽恩南，他写信给提奥："真正为许多人开拓新领域的现代画家是米勒而不是马奈。我不以为马奈能被列入本世纪的第一人，但他无疑是个有价值的天才，这便很伟大了。"

"米勒、德·格鲁和其他的很多人树立了一个榜样，他们对那些肮脏的、粗糙的、丑恶的、讨厌的等种种嘲讽置若罔闻。所以一个人摇摆不定是非常耻辱的。"

"在谣言四起的时候,蒙提切利画下了南方的一切,所有的黄色、所有的橘色、所有的硫磺色。大多数的画家,因为他们自己并没有身处色彩的世界中,所以他们不使用那些色彩。对那些画下他们所没见过色彩的画家,他们便认为是疯子,当然了,这仅仅是猜测而已。我即将完成一幅完全用黄色绘成的画,那是一幅向日葵。"

画家对他自己的画有着深刻的自信,然而对于绘画之外的生活,却是全然无知。他对妹妹威廉明娜说:"你猜我发现了什么?我的作品。你猜我没有发现什么?我生命中的其他一切。"

这些见解当然是个人的,感性的,正如他自己所说,他也常会"感情用事"。然而只有感性的灵魂似乎才更酣畅。当他得知高更喜欢他的《阿尔的妇女》,他写信说:"如果你喜欢,这幅画归你,作为那几个月我们两个一起工作的总结。""有一些东西我想再通过刻蚀突出一下,然后就顺其自然吧,喜欢的人就拿走好了。"

陈艳敏《无题》

有时，他对那个时代的艺术潮流和艺术走向也保持着敏锐的触角。1884年10月他对提奥说："在荷兰，很难找出印象派的真正意义，但拉帕德和我都对现今的绘画潮流非常感兴趣。事实上，意想不到的新概念开始兴起。时下的作品格调与数年前的相当不同。"1888年6月22日在跟妹妹通信时，他再次表达了自己的敏锐嗅觉，他对妹妹说："你不理解有种新的画风将要出现么？"

当然有时他也看不清楚。当印象派要组成一个团体，从节约材料等现实的考虑他也对此抱有幻想，然而他说："但是，我不应该为这一点苦恼，因为我意识到时光过得如此之快，我们没有时间交谈，也没有时间工作。这就是原因所在，因为结合在一起还很遥远，我们现在用一艘脆弱的小船航行，并没有留下深刻的痕迹，独自在我们时间的深海之处航行。""这是一次复兴，还是一次衰退？我们无力判断，因为我们与之如此接近，以至于不会被扭曲的视角欺骗。这个时代的事情，我们的失败或者成功，或许在我们眼中看起来会被放大。"

像是一个预感，1889年9月的一天，他突然对弟弟提奥说："让我们以北方人的冷静来面对现实吧！这讨厌的艺术生命快要耗尽了。"

4个月之后的1890年元月，他的展出作品《红色的葡萄园》被比利时诗人和画家德·波克的妹妹购买，然而，这却是梵·高生前售出的唯一一件作品。

梵·高在给弟弟的信中说："我们眼见当今画家备受缺乏足够的金钱维生和购买油彩的痛苦，另一方面，已逝画家的作品却被付以高价。"

但我相信，他对此并未真的在意。

提奥，亲爱的兄弟

兄弟提奥在梵·高的生命里是不可或缺的。没有提奥，就没有梵·高。

提奥对于梵·高的支持有精神上的，但更为重要的，是生命线上的、物质的支撑——那对于身无分文、一生只卖出过一幅画的梵·高是何等的重要！

通过信件，他频繁地向弟弟求助，告急。"我希望你现在能寄给我一些钱"，这句话不间断地出现在他给弟弟的信件里。

有时贫困压得他喘不过气来，他写信给弟弟："朝自己的目标前进对我而言真是很艰辛——潮水高涨，几乎快到唇边，或许还会更高，我怎么能预知呢？""尽快给我写信，尽早把2月份的钱寄给我，因为我非常确信那时候钱将花得一分不剩。"

"从明天开始的一周我会有很多工作，但我害怕钱不够用，2.5荷兰盾和一些硬币是我剩下的所有的钱，现在应该怎么做？""尽快回答我，还有其他的可能么？寄一些钱给我，这样我可以继续画下去。"

"如果可能的话，赶紧寄些钱给我。""在海牙居住对我来说太贵了，我不得不一次又一次地离开。"

……

而弟弟提奥，给了哥哥不曾间断的资助——确切地说，是一生的资助。

画家的一生都被贫困困扰着，他节约颜料，节约画材，朝不保夕，但最为危急的时刻他也没有放弃画画。

1882年1月在海牙，他写信给提奥："所以又起床给你写信，因为我十分担忧。不得不考虑许多有违意愿的事情，大大地阻碍了我的创作。甚至站在模特儿面前时，我都不知道自己能否付钱给他，第二天能否画下去。在这种情形之下，为了画画，我却必须保持镇静，特别是必须保持自己的精神。总之，那相当困难。"

画家常常因贫困陷入忧伤、焦虑和无奈之中："模特儿是一个漂亮的女孩——她是阿尔兹和很多人的模特儿，她要1.50荷兰盾一天，那对现在的我而言太贵了。所以，我还是用瘦小的老妇人当模特儿。"

有时候，他甚至被模特儿施舍。1882年3月11日，他在信的末尾对提奥说："还有一件事感动了我。我事先告诉模特今天不用来，但那可怜的妇人还是来了，我向她抗议。她说：'我不是来摆姿势的，只是来看看你晚餐是否有着落。'她带了一盘豆子和马铃薯给我。"

"乡村的自然中，每天都有不同的景色……但是尽快支付颜料账单对我很重要。"画家就是这样苦苦地支撑着，他的那些"原本可以更完美"的作品不得不在他的眼中带着些许无法克服的遗憾。"《吃马铃薯的人》的颜色不佳，至少部分不佳，这是因为颜料不好。"

提奥是他亲爱的兄弟，也是他的救命恩人。在这个意义上，梵·高一刻也离不开提奥。1885年4月30日在纽恩南，他写信给弟弟说："我的创作可能会因为材料的困难而遭到抑制，但并不会被摧毁。因为你一直在那里。"

为了鼓舞提奥的信心，也为了让自己增添一线希望，他常常在信中对弟弟说："相信我的作品有销路的日子不会很远了。"但当沉重的忧伤来袭，感觉如堕地狱之时，他能做的，也只有继续画画。即便如此，他依然抱有希望，期待苦难给他带来的是强的表达的力量。

是的，梵·高就是梵·高，尽管遭受困顿、疾病、世人的不屑与嘲讽，他也没有在任何情况下否定和丧失自我！他在贫困中焦虑和痛苦着，又在平静和愉悦中保持着自己鲜活的个性。

1888年在阿尔，他对贝尔纳说："我感到遗憾的就是这里的生活费并没有预期的那么便宜。"但在那里，他说："你现在想象不到我现在完完全全地在做自己喜欢的事情，可以不再做那些我不喜欢的事情。"

自杀前的那段日子，梵·高疾病缠身，其间曾试图吞颜料自尽。为了防止悲剧的发生，也出于对哥哥由衷的关爱，弟弟提奥曾经专门找医生"监护"他。

而那时，梵·高依然被贫困困扰。1890年5月他给提奥夫妇的信中说见到了加歇医生："他安排我住在一家小旅店，旅店要价6法郎一天，我自己找了一家3.5法郎一天的。"

1890年7月他对弟弟说，忽视商品的行情"是你我穷困的原因之一"，"但是撇开野心，却成为我们能够共同生活多年而不致毁掉对方的因素之一"。但即便如此，他仍然需要向弟弟求助，"我身上的钱不够用了，我还得支付从阿尔邮寄行李的费用"。

画家完全依靠弟弟生存，当有段时间收不到弟弟的来信，他就在信中焦急地问："提奥，你怎么啦？""最近几天，我的口袋里一分钱也没有了。当然，我坚定地期望你给我寄来至少100法郎，以应付1月份的开支。""如果因为某些原因你不能马上寄来100法郎，回信的时候至少寄给我一部分钱。"

而那时，画家的口袋里只剩下给弟弟寄信的唯一的一枚邮票，他在信末对弟弟说："我刚才在口袋里找到了一张邮票，否则将无法给你寄信。"

两周之后，他回信给弟弟："感谢你的来信以及其中夹带的 50 法郎纸币。"而这也是他生前写好但没有寄出的最后一封信，是他自杀后别人从他身上翻出的。在这封信中他说："我亲爱的弟弟，我总是对你说，我再一次郑重地重述一遍，一个尽自己最大努力勤奋不懈的人，肯定会获得成功。我要再次对你说，我始终认为你不止是一个专门经营科罗的画作的平凡的画商。通过我的斡旋，你实际参与了某些不朽的油画作品的绘制过程，那些作品即使在风暴中也完好无损。"

"因为这是我们的收获，这是我在危急关头必须对你说的一切，或者至少是最重要的一件事——此刻，已逝艺术家作品的经销商和在世艺术家作品的经销商之间的关系，正处于异常紧张的时期。"

"至于我自己的作品，是冒着生命的危险创作的，而我的理智垮掉了一半——没关系——据我所知，你不属于在世艺术家作品经销商行列，你仍可走自己的路，怀着本性地做事，本乎人性地做选择。但是，又有什么用呢？"

之后，他永远地离开了提奥，他亲爱的兄弟。

"在忧思中，与你握手道别"是他对弟弟说的最后一句话。

我怀着平静而又愉悦的心情圈着并抄下这些美妙的文字，直至读到最后一页，那是译者的叙述：

梵·高去世后，提奥在给妻子的信中说："他最后的一句话是：'但愿我现在就死去！'他的愿望达成了。几个时辰后，一切都成了过去。他已找到世上找不到的安息……第二天早上，从巴黎以及其他地方来了八个朋友，布置停枢间及梵·高放画的房间，一切看来挺好的。那儿有许多花和花环。加歇大夫首先带来一大束向日葵，梵·高是多么心爱这种花啊……"

提奥在给母亲的信中说："一个不能找到安慰的人也不能写出自己有多悲痛。这悲痛还会延伸，只要活着，我就不能忘记；唯一可说的是，他已经找到他渴望的安息……生活对他是个负担；但现在，就像从前，每个人都赞扬他的才能……哦！母亲，他是我最最心爱的哥哥啊！"

"提奥衰弱的身体也慢慢支持不住。6 个月后，1891 年 1 月 25 日，提奥也追随哥哥而去。在奥维尔麦田间的小墓地里,一个阳光普照的地方,提奥和他亲爱的哥哥——梵·高葬在一起。"

那一刻,我已是泪流满面……

陈艳敏《蒹葭水暗萤知夜,杨柳风高雁送秋》

平静和谐，一以贯之

——读毕沙罗著《毕沙罗艺术书简》①

首次接触法国印象派画家毕沙罗是 2016 年夏在美国国家美术馆，他的 *The Artist's Garden at Erangny*，*Peasant Woman*，*The Gardener—Old Peasant with Cabbage* 等多幅油画展现于眼前，以较大的数量、平和的感觉于众多大师的作品中跳脱出来，引起了我的关注。相对于梵·高的热烈和其他艺术家的变形与夸张，毕沙罗的作品透着某种平实、素朴的气质，给我留下了平静、和谐的印象，均衡的构图、愉悦的色彩和平和的心绪中散发着某种温暖、幸福的气息。站在画前，总感觉这是一个平静、和谐、身心健康的人。

而今天，我想读读画家的书信，看能否于他的亲笔言谈中佐证这种印象，从而也更深入、更透彻地理解画家和他的作品。

这本近 500 页的书信除了四封短信是给其侄女埃斯特、一两封是给他另外几个孩子的之外，其余全部是写给他最爱的长子、他一手栽培的画家吕西

---

① 毕沙罗. 毕沙罗艺术书简［M］. 罗威，译. 北京：金城出版社，2013.

安的。在信中，毕沙罗以90%的篇幅和儿子谈艺术、谈绘画，信中的他是父亲，是家人，是同行，也是朋友，恳谈中展现了一个时代的风貌，也展现了画家个人的性格、信仰、艺术理念和家庭关系，让我们看到莫奈、马奈、塞尚、德加、雷诺阿、梵·高、莫里索等印象派大师如在眼前的过往。

和谐，由生活和性情造就

在信中，我看到毕沙罗确实过着平静、和谐的生活。虽然早年他娶女佣为妻遭到家族的强烈反对和遗弃，但意志笃定的他与妻子朱丽以及他的几个孩子在四海漂泊中依然过着幸福满足的生活。

他早期的书信中常常不乏如画般诗意的描述："鲁昂远处有塞纳河的景色在画前展开，平静如鉴的水面、阳光明媚的斜坡、灿烂的前景，太迷人了。""我非常清楚地记得那些五颜六色的房子，以及那时候产生的中止旅行并画些有趣的习作的愿望……去寻找那些带着华丽灿烂如彩虹般的羽毛的、哼着悦耳纯粹的歌声的稀有的鸟儿。"画家于悠闲之时也会读些文学作品，滋养身心，颐养性情。他和儿子讨论《羊脂球》等文学名著，说"左拉的作品内容过于逼真，不过我承认它们与艺术作品一样优异"。

很多的时候他和妻儿几地分居，但家庭始终是他的精神轴心和心灵依托，回到家中作画，始终是他温暖的想望。1886年2月5日，时在巴黎的毕沙罗写信对吕西安说："我唯一的乐趣就是在埃尼拉同你们一起，安静地构思绘画。当然喽！这将太美好了！"当子女长大成人奔向远方，他还有些不大适应，1895年的秋天，他在埃尼拉的家中写信给吕西安："最使我痛苦的是看到整个家庭渐渐支离破碎。宝贝离开了，鲁道夫也快离开了！你会发现我们两个老人整个冬天待在偌大的房子里孤单吗？如此令人不愉快……他们说，这会使人创作。我不同意。虽然我不喜欢那些在你作画时干扰你的人，但与世隔绝没给我任何作画的热情。"

在信中，他常常呼唤儿子回来和自己同住，和自己一起作画、探讨、看画展。1891年6月28日他写信给吕西安："如果你可以和我们一起度假——那就完美了。我们所有人很想相互倾诉。"1902年4月1日他写信给儿子：

"最重要的是你来跟我们待上一段时间,要是精神上和我们保持联系该多好。"偶尔吕西安也会响应父亲的邀约携家带口从伦敦归来,与他同住几日,享受爷孙三代相聚的欢乐。当儿子一家离开后,毕沙罗还多有留恋,他写信给儿子说:"你离开后,这座房子看起来完全不同了。没有任何事物能像小孩那样给人生命的感觉。"

他画中的和谐与稳定想必就来自这天然的性情和生活的造就吧。

困顿,然而乐观坚定

画家并非没有困难和波折。和那个时代的很多印象派画家,比如梵·高、塞尚一样,很长一段时间里他的画并未得到时人的认可,时而还会遭到画商的算计和打压,黑暗中他被生活所迫,被金钱困扰,在朝不保夕的时运下艰难度日,迫不得已时亦不得不违背本性、难为自己,迎合画商与之周旋。

在给吕西安的信中,他多次写到困苦中妻子的担心、焦虑与抱怨,嘱托儿子安慰母亲,让她等等,再等等,自己正在想办法。"你母亲一定在生我的气,但事实是我不停地跟在画商屁股后面,没有浪费一个机会……她不知道我有多窘迫。"她对儿子说:"和你母亲聊聊天,试着让她不要过于担心,鼓励她耐心地等久一点点。"他知道,"我们不能这么贫困下去","等待糟糕的1月过去的期间,如果我们能处理掉这些画,就可以得到一些钱……这些没有光泽的画作看起来非常棒。"但时间过去,画家回馈的信息常常是"我仍然不能解开我的束缚,我承受着不能使你母亲更快乐的糟糕负担……运气不佳!","刮风,下雨,没有一分钱……今年非常糟糕"。那些信透露着他的窘迫:"我们现在缺钱,非常缺。""我想给你写信到现在已经三天,但我连三分钱邮费都没有。""告诉你母亲,我非常关心房租之类,我撕破头皮想找到解决方法。今天我要找到海曼。谁能让我摆脱这些?我明天不去德·贝利奥那里。付不起印象派画家晚宴的钱,也不想接受邀请。"

万般困顿之时,他不得不将画商杜兰德·鲁埃尔和提奥·梵·高当作救命稻草,在等米下锅的妻子的催促下,他盼望自己的画能够经画商的手卖出去。他焦急等待着好消息，然而多数的时候等来的是失望。提奥·梵·高偶尔还能说服收藏家，卖出一两幅画以解他的燃眉之急，而在杜兰德·鲁埃尔的画廊里，他的画常常是挂了一两年也卖不出一幅，带给画家的，只有愁苦、徘徊和无处求告。

1887年9月24日，提奥·梵·高友善地帮他做成了一笔交易，在信中给他夹寄了800法郎，这对于毕沙罗来说，实在是解救了他于水深火热之中，他写信对吕西安说："你母亲平静了一点，所以我能静下心来画些油画。"虽然提奥反馈给毕沙罗的消息也时常是"收藏家们甚至对最美丽的作品都不感兴趣"，但善良的画商提奥仍像资助自己的哥哥文森特·梵·高一样，尽自己的所能帮助毕沙罗卖画，是在其他画商卖不出或刻意压价回旋的时候唯一尚能给予毕沙罗一线希望的画商。

然而没过多久，提奥因哥哥文森特·梵·高自杀过度悲痛，追随哥哥到另一个世界一去不返了，毕沙罗陷入杜兰德无形的控制之下，仍然举步维艰。1893年2月7日，他在给吕西安的信末有一小段给妻子的附言，他对妻子朱丽说："我明天会拿到钱，如你所期望的，我会给你寄一小笔钱。直到明天再见到你。"挣钱，曾是那些时日里画家不得不面对的沉重目标。

陈艳敏《香远益清，亭亭净植》

贫贱夫妻百事哀，终日为钱愁苦的毕沙罗有时亦免不了陷入与妻子争吵，但画家始终是乐观坚定的。因为他有自己不变的信仰和方向。1887年8月25日他写信给吕西安："这是我们的状况：黑暗，怀疑，吵架，而伴随着这些，有人还必须创作出和那些同时期作品相媲美的画作。有人必须创造艺术，没有艺术，一切都完了。所以，亲爱的吕西安，我加强自身以抵抗风暴，努力不成为失败者。"他自我激励说："这些事情一点都没有使我气馁。"

在最困难的时候，他也不曾灰心和绝望。1887年，他在写给儿子的信中说："让你母亲别担心，这段困难期会结束的。"1894年在信中，他写道："毋庸置疑，现在的状况是痛苦的，但并非无法挽救，不需要绝望。归根结底，这是因为我发现自己两手空空时还决定不屈服。"黑暗中，他总能看到希望。1894年11月4日他对儿子说："我没有天大的好消息告诉你——毫无希望的穷困，也不会有一线生机出现。"但于这封信的末尾，他依然不忘加上一句："值得开心的是，尽管非常难过，我们所有人都非常健康。"

在最困顿的时候，他也没有丧失应有的东西，比如教养，比如自由。在1887年1月23日的信中，他对吕西安说："我会卖掉那些蜡笔画，但不卖那幅德加送给我做礼物的素描，或用作交换我一幅画的交易品。那样做是没教养的。"面对杜兰德·鲁埃尔的垄断，他说："这不会阻止我以后卖画给他，但我相信有必要以某种方式表明，即使牵涉一些牺牲，我也想要自由。"

"艺术家的脑子里应该只有理想"

画家对于金钱的概念终是淡泊的。

早些年在跟儿子谈及改变时，毕沙罗曾说："在视金钱如粪土的那一刻起，我便改变了。"他甚至看到了金钱对艺术的危害："真正有能力的无赖都积累了财富，但他们会像云一般消逝。""他们只欣赏容易销售的作品，这扼杀了法国艺术。"

他说："艺术家的脑子里应该只有理想。"

他恨不得将他的每一分每一秒都用于艺术，他常在信中对儿子说："我没有浪费自己的时间。""我大部分时间都在画室里作画。""我像个黑人一样工作！我同时从事 10 幅画的创作……尽全力地创作。""我希望一拿到颜料和油画就能开始作画。""希望没有任何事情可以妨碍我作画。"有时他有意地提醒自己作画，抵制懒惰，防止懈怠，保持对艺术的敏感，"以免丧失绘画的习性"。即使时局动荡，个人安全遭到威胁，即使在"法国真的病了"的时候，他也常常不为所扰，尽可能地以平静的心态投入到绘画中。1898 年，画家在卢浮宫酒店写信给儿子："尽管巴黎事件非同小可，尽管产生许多焦虑，我也必须像没事发生一样在窗边作画。"

毕沙罗视艺术为生命。1883 年 11 月 20 日他在鲁昂写信给吕西安："伦敦把我贬到最低级的批评并没有使我惊讶……作为艺术基础的绘画，使我心醉。这是我的生命。世界上还能有什么别的东西是更重要的呢？"

虽然有时候他不得不稍作妥协，作为生存下去的缓和之计，但他始终未曾丢弃理想。艺术与商业不总是同步向前的，或者说，艺术与商业步调总是不一的，而引领风潮的艺术家总是走在时代的前面。毕沙罗看到了迎合商业的作品生命的短暂，他预感到这些作品"获得成功便被遗弃"的命运，因此他总是努力地去规避它。

在儿子懈怠或气馁时，他也极力地鼓励儿子。在儿子学画时，他鼓励儿子坚持；当儿子胆怯时，他鼓励儿子克服担心和软弱，到户外写生；当儿子灰心沮丧时，他言辞急切地告诫儿子："你必须确信到最后会获得成功，没有这个信念，就没有希望！"他以长者的经验教导儿子不畏艰难，在适合自己的道路上坚定不移地走下去，"做一些我们这些老人耐心做了很多年的事情"；在儿子自卑、迷失自我之时，他以坚定的语气给儿子加添力量，劝慰他不要过于焦虑，保持毅力、意志和自由的感觉，"一个人不能确定任何事情，只有自己的感觉是确定的"。

即使在无比艰难的境遇下，他也力所能及地资助儿子，迫不得已时背着妻子给儿子寄钱——那是一颗爱子之心，更是一颗爱艺术之心。1896 年 9 月 5 日他写信给儿子："你必须在你的领域内成功……就我而言，我竭尽全力不出声地给你寄 300 法郎。我坚持这样做，避免和你母亲的令人疲倦的争吵。我会通过其他方式给你寄钱，这依靠于条件，但无论如何我都会寄的。"1898 年 9 月 9 日，毕沙罗自鲁昂写给儿子的信只有一句："亲爱的吕西安，只是写一句话让你知道,我刚写信给杜兰德·鲁埃尔了,让他给你寄 500 法郎买印刷机。"

在理想和信仰的加持下,画家终是不被束缚的。1886 年 1 月,他在巴黎写信给吕西安:"告诉你母亲,我需要我所有的力量和意志来坚守阵地,即使不够强大,但在艺术抗争中,那至关重要的斗争最后会成功使我们逃脱困境。"即使身心困顿,他也不能将自己交付于违心之事。"没必要气馁,我们必须使自己列入无可争辩的名册……在我看来,一个人只要有才能,最终都会取得突破。"他一次又一次地鼓励儿子,"要明白,我们的角色是非常简单的,我们必须自立自强!我们有变强的潜质。"他不停地探索,不停地尝试,不停地实验,"任何事情都不能阻止我们进行尝试"。

无疑,毕沙罗是个不懈坚持的人,对绘画有着执着的热爱。

错位,但自信自知

和生前只卖出过一幅画、毕生在贫困中挣扎的文森特·梵·高一样,毕沙罗与时代亦有着严重的错位。他自认为严肃、完整的作品常常被当作粗俗之物,他越是钟爱的作品越是卖不出去,在绘画市场上他倍受冷落和嘲弄,直到 1903 年 9 月 8 日,他写给儿子的信仍然是"我在画展上没有运气:在柏林分享派画展上,我展出的三幅肖像画都没卖出去;在马孔,我有一整个系列的画作——一幅都没卖出去;在迪耶普,我展出了一些巴黎国王桥的风景画——一幅都没卖出去;在博韦,我展出了我的《开花的苹果树》(Apple Trees in Bloom)——没卖出去……获得很多成功的画家是最平庸且没有任何名气的人。这不令我惊奇,学习如何观赏画作并不那么容易。"同年 9 月 22 日,他在信中说:"我发现我们不能被理解——相当不能——甚至我们的朋友都不能理解。"

但他始终自知、自信,不为所扰。"我不受收藏家欢迎。我不知道他们为什么如此恐惧,我的画真的不是次品。"他说,"我有农民的性格,我忧郁、严厉、野蛮体现在我的作品中,从长远而言,我只是期望取悦那些嗜好谷物的人。但过客的眼睛过于匆忙,只看到了表面。行走匆匆的人们不会为我停留。""所有这些都不会给我们带来面包……这个时代无疑充满了愚蠢。"在连遭打击的情况下有时他也怀疑自己:"有些时候,我会自问是否真的有才华……实际上,我经常怀疑这事。那么我的作品缺少什么,或者又过度拥有什么?"但紧接着他又恢复了自信:"不,他们不理解我们,他们看不见隐藏的意义,看不见艺术作品神秘的美感。得花 20 年开启被蒙蔽的双眼。"

这不只是他个人的遭遇,他看到整个时代的欣赏水准都有待提高。当米勒的《晚祷》在观众中引起强烈反响,卖出"500000 法郎都拒卖"的价格时,毕沙罗以一个艺术家的眼光看到的却是悲哀,他认为米勒"最蹩脚的一幅画"在众多俗人中产生强烈的反响是件不可思议的事,令他遗憾的是人们只看到艺术微不足道的一面,而没有意识到"米勒所有的价值存在于他的素描"。

价格与价值,有时真的无法等量齐观,毕沙罗悲愤地看到,在画商和画家的联手操作下,糟糕的作品时常卖出奇高的价格,而这些行为对个人有益,对艺术却是悲哀。"你听说过这样的事情吗?真的,真挚、漂亮的作品不受人喜欢。"他对儿子说。

陈艳敏《东风随春归,发我枝上花》

借由技法，达自由之境

在信中，他陈述自己的艺术理念，并给予了儿子很多教益。他悉心关注儿子的每一点进步，在表扬、鼓励、赞赏的同时，每每又指出他的不足，给他清晰的提醒、指点和帮助，这些忠告或者关乎技法，或者关乎理念，或者关乎选择，或者关乎态度，可以说，画家吕西安是在父亲手把手的教导中成长起来的。

他努力传达一些绘画的理念给儿子，以使儿子在头脑中建立自己的观念："你必须习惯于在瞬间的闪光中看到整体效果，而且马上说出它的特征，你还要不断地提高自己，认真处理有固定轮廓的较大的实物，就像你开始画的一样。画每一件事物、画一切东西，是有好处的。如果训练到自己能看见一棵真正的树，你就知道怎么看出人体。"同时他给出具体的意见和建议："你可以给它更多的柔和感，并让颜色相互渗透。""你开始画你的小习作时，色调过重：我的信念是，任何人都必须以他看到的实物的准确明暗来作画。你的树画得非常好，或许在明晰的背景下有点刺眼，不过画得非常不错。"他提醒儿子不要模仿自己："乍一看，我感觉你和我的风格过于接近，你应该尝试一种不同的技巧，并留意一些明暗。总之，你的着色还欠点火候……如果我是你，我会随意地混色，不会保留那么多的橙色的停顿。"他指出优秀作品的美中不足之处，鼓励儿子力求完美："使人愉悦的是，这幅画真的优秀而纯粹，价值超出我的预想。如果你把画作内在处理得同样好，这幅画将更伟大。试着变化多种雕刻面来避免单调，不要忘记木板的坚固和轮廓的多样化。明白吗？"谈及线条，他说："不要为画出技巧的线条而努力，要为画出能勾勒出外貌的简单、本质的线条而努力。比起趋向美化，要更趋向漫画化。"这对于中国写意画的学习都不无启发。

他鼓励儿子探索自己的风格，朝着与自己气质相符的方向发力。他提醒吕西安："在为雕刻作品画素描的过程中，要避免过于瘦长的人物，这样的人物看起来虚假……此外，意大利艺术和你的性格不符。你需要一只精巧的手，像惠斯勒和其他画家那种。惠斯勒总是看起来在一条钢丝上跳舞，同时以多种才能创作西班牙-意大利风格的作品。但是他没有深度。"必要时他还给儿子作示范："给你寄三种类型的带草图的素描，这会在你需要试样时有用。"他幻想儿子在他的身边作画，时时给予他指导，虽然这不现实。他希望儿子在不断探索中找到自己的方向。

他鼓励儿子思考："只有当一个人彻底理解画的含义的时候，他才会进步。"有时他通过点评他人的作品向儿子传授技巧和技法，使儿子受益，他不失时机地给儿子的头脑中"灌输"东西："我们不能在画室寻找那些不能找到的东西，就像在户外我们只能力求直接而自发的感觉。要记得，水彩画能帮助记忆，能使你保留最短暂的效果——水彩画很好地呈现无形的、强大的、精美的东西。而素描一直是必不可少的。"

毕沙罗知道，技巧、技法不是艺术的目的，但却是艺术通向自由境界的必要手段。

摒弃大师，坚持独创

他强调独创的重要，郑重提醒儿子不要模仿，而是"必须站在最符合你气质的艺术这边"。

在1887年1月15日的信中，他指出儿子的错误："因为你坚持复制——你不应该复制，应该改变，包括改变布局，只要它适合你。重画一幅作品的时候，你应该得到新的感知，你不应该盲目地复制，但可以不带内心动机地自由利用你的初稿。"他指出模仿的愚蠢和了无趣味，并对儿子说："我最害怕的是你和我过于相似。"

他警告儿子作品中不要有父亲的影子，而是要探索自己独一无二的风格。他说唯一重要的是感觉，而感觉决定画家的风格和独创性。"可以学习不依赖一个既定的体系去作画，"他对儿子说，"艺术，正如我们看到的，不拘泥于固定的技法，独创性只依赖于画作特色和每个画家的独特视角。"

他提醒儿子力避学院模式的束缚，认为专业化是艺术的消亡，"课堂只在你足够强大而不受影响的情况下才是好的"。当他得知儿子选修勒格罗的绘画课时，他引用德加的话提醒儿子，要"以你自己的思维，通过记忆，重画你在课堂上画的习作"。甚至他对莫奈重复自己的作品也难以忍受,当他看到莫奈应买家的要求不断重复地创作《滑轮车》,他说:"我不明白莫奈怎么能屈从于这个让他重复自己的要求——成功带来多么糟糕的后果!"

伦勃朗是他喜爱的画家之一,他欣赏伦勃朗作品中的个性和独创性,但他对模仿者嗤之以鼻。他崇敬大师,但不愿抄袭大师,"在我看来,更好的途径是通过在我们自己的环境中,追寻自己的感觉元素来追随他们的代表作。我在说废话,或许,说这些就是废话,但我坚持自己的原则";他不明白,"坚持不懈地重复一切已经做得如此好的事,有什么好处呢";他鄙视临摹和抄袭,反对厚颜无耻、盲目、笨拙的剽窃;对于法国"画家忠诚于大师的传统,而没有剽窃它们"的做法欣赏有加。

他追求风格,但他知道,风格当然不是一蹴而就、不请自来的,在找到自己的风格之前须做大量的练习。因此他鼓励儿子勤奋作画,通过眼和手去学习和感知,"只有不停地作画,画每一件事物,不停地画,那么在某一个晴朗的日子,你会惊奇地发现,一些真实本质的东西会回报给你。不要气馁!"他提醒儿子"那丁点儿画作是不够的","你必须约束自己去作画",认为大量的练习之后必会找到自己的风格。他以雷诺阿为榜样激励儿子:"难道雷诺阿在摔伤他右手的时候,不是用左手画出令人陶醉的画作吗?是的,你也会的。"

在大量的探索之后,看到儿子的进步,他也会欣喜地及时肯定:"你的作品有更多的信心和个性。这是个好的信号。""你正在进步,你已经实现了自我,非常好。你现在可以大胆尝试自己的风格探索。""在我看来,这一次你超越了你自己。"他赞赏儿子作品中质朴自然的气息,以及特别的一种天真的信仰和谨慎的矜持,"毅然向前,如果你把所有的精力都倾注于完善的作品之中,它会是独创的"。

在教导儿子的过程中,毕沙罗自己也在不断地学习、探索、提升和成长,在保留传统的同时,努力摆脱不和谐的调子。他和儿子相互激励、熏染,言教,更有身教。他与儿子交流绘画体验:"我狂暴地作画,最后发现了正确的技法,这个寻找过程折磨了我一年。"有时他也审视自己的作品,觉察自己的风格变化,与儿子共同进步。他看不同类型的画展,尤其注重从新作品中捕捉新东西,思考、启发或借鉴,吸收到自己的创作中来,使自己的风格和个性更加凸显。

"我们在这里指路!"

他提醒儿子和批评家、画商、绅士保持距离,坚持自己的绘画主张。他说:"为了别人的吹捧而作画是愚蠢的行为。""我不希望受这些绅士支配,而且特别反感让莱布雷先生评定我的画作,因为这已经超出了他的能力范围。""如果我们都去听那些绅士表达他们对我们的感觉,我们会手忙脚乱的。"

他对于画家花钱炒作、抬高身价的行为也颇为不齿,他看不惯画家对批评家的无耻依赖和盲目膜拜,在他眼里,那是可怕的堕落。他不相信在利益之外,每一个作家、记者都有欣赏艺术的眼光,因此不管评论家、画商乃至收藏家说些什么,毕沙罗都说:"我知道我的方向。"他努力脱离收藏家、投

陈艳敏《无题》

机商和画商等"各位先生"的恐怖约束,在完全自由的状态下作画,保持对美的热爱和感觉的纯度。即使不被理解,即使倍受冷落,他依然对儿子说:"别为那些不理解你画作类型的人产生困扰。""只需保持你个性的完整无缺!"即使在困顿之时,他也保持自己的清醒认知:"我认为去那里且努力求得画商一个好眼色是个愚蠢的行为。"

在这一点上,毕沙罗无法妥协。当儿子吕西安被商业或其他问题迷惑时,毕沙罗在信中十分果断地说:"毫无疑问,我们不再相互理解。关于你告诉我的现代运动的事情,商业主义,等等,和我们的艺术概念没有关系……你沉浸在自然不是更好吗?我不认为我们一直在愚弄自己,并且绝大多数人应该理所当然地崇拜蒸汽机。不,一千次说不!我们在这里指路!依你所说,拯救是早期艺术家和意大利人的责任。而依我所说,这是不正确的。拯救取决于自然,现在比以前更甚。让我们继续追寻我们相信是好的事物,谁是正确的很快就会明白。简而言之,钱是个空洞的事物。让我们挣一点钱,因为我们不得不这么做,但不要背离我们的角色。"毕沙罗,毕竟是个了不起的艺术家。

他同政治亦保持距离,坚持艺术的独立性。当《费加罗报》断言无政府主义者急于使艺术服从可以在所有领域发号施令的政府的方向,他评论道:"多么无知,多么糟糕的信仰!"他告诫儿子:"你必须把握自己,不要过于急躁,更加平和地看待事情。"在"宗教象征主义者、宗教社会主义者、理想主义艺术、神秘主义、佛教等都忙活起来""每个人都花费更多的时间来搞阴谋诡计,而不是创作艺术"的时代氛围下,他叮嘱儿子要清醒地认识并与之保持距离。

摒弃大师,追随自然

毕沙罗崇尚自然,这是他作品和谐基调的重要支撑。他说"最堕落的艺术是无病呻吟的",正确的方向就是"回归自然的方向",他说"我们必须诚恳地接近自然,带着我们的现代感觉"。

在信中,他多次用到"和谐""协调""宁静"的字眼,不难看出潜意识里他对此的追求,正如他的作品给人的感觉。他倡导中庸的艺术,在信中阐述既遵循传统又加以突破的艺术理念。"相信所有中庸的艺术都几乎不受束缚于他们的时代……这是我长时间持有的观点,这不是漂亮的意大利式优雅的问题,而是只稍稍使用了我们的眼睛,并且忽略了别具风格的东西。""我看见可以作画的非凡事物,充满新鲜感的方位,平和的效果或模糊的透明度,这是我们的先辈从未尝试过创作的。观察自然并爱上自然的画家是开心的!"

在临摹大师与师法自然之间,毕沙罗选择了后者。他反对一味追随前辈,闭门造车,而是主张走向自然,找到自己鲜活的感觉。他写信给埃斯特说:"吕西安每一分钟都把注意力转向自然是正确的,每年都应该持续这么做,否则他不会有任何进步。更新是必不可少的。"

对于自己作品宁静、和谐的风格他是自知的,或者说,那的确就是他刻意追求的效果。当在信中谈及自己的《挤奶女工》《坐着的女人》和《伦敦公园,樱草花山》时,他说:"我认为这些画作代表和谐性的提升。"

碍于天气、条件等原因,他也有不少作品是在画室创作的,他常常站在他的窗口,伴随冲动望着窗外的景观画开去,"从这里可以看到歌剧院大街",从沃利路租住的公寓可以看到卢浮宫、荣军院和圣克罗蒂教堂的尖顶藏在栗子树丛后面。"非常美丽。我会画一系列优秀的画作",他说:"我集中所有精力画百花盛开的春天,我从窗户取景作画,也会去户外作画。"提及自己的一幅创作于室内的画,他说:"宁静,和谐,而我不知是什么特质能使它更具美感!画室创作的作品有时候更自然,颜色不太艳丽,但反而更具美感,考虑得更周到。"当在别人的作品中发现类似的品质他也会敏锐地捕捉并吸收过来,看到德加的画展,他写信给儿子指出缺点的同时,对其中的和谐表示赞赏:"这些调子如此和谐相关,不正是我们追求的吗?"

保持热情,忠于直觉

他在给儿子的信中谈及与画家西涅克的书信往来,当西涅克怀着自负夸耀自己的作品时,毕沙罗直言不讳地指出:"但我远无法相信,你已经找到了适合你本来的画者性情的方向。"他提醒西涅克:"向接近直觉、更自由和更与你本质一致的艺术发展的时刻是不是还没到来?"这引起了西涅克的反感。但禁锢灵感与个性毕竟是毕沙罗难以忍受的,因此他对儿子说:"要是我继续在我们的信中讨论这件事,我会忍不住写信给他:'让一切都去死,然后画些有生命的画作!'……他画得多失败!可怜的西涅克!没人敢告诉他真相。"为此他感到惋惜。

"每人都保持唯一有价值的东西,也就是独一无二的'感觉'!"因此他鼓励儿子"忠于自己的感觉",作画时跟着感觉走,"捍卫你的本能、你独有的品位"。"碰见懂得如何平衡两种色调的真正的画家是多么难得。我想起在午夜寻找正午的哈耶,想起无论怎样都有一个好眼力的高更,想起也有过人之处的西涅克,他们或多或少都受到理论的麻痹。我也想起了塞尚的画展,展出出色的东西,难以挑剔的完成的静物,其他花费很多工夫而没有完成的画作甚至更美,风景、人体和脸部没完成但仍然壮观,像绘画般的成果丰硕……为什么?感觉在那里!"而魅力也是一种感觉,谈起塞尚时他说:"不为塞尚所动的人,恰恰是那些通过他们的错误展示其缺乏某种感觉的艺术家或艺术爱好者。他们正确指出了我们所有人都看见的缺点,这是一目了然的,只是魅力——他们尚未看到。"为此,他和学院派保持距离。他教导儿子,在独立的判断之外,还要保持"明智的怀疑"。

作为一个将毕生奉献于绘画的艺术家,毕沙罗知道,支持一个画家走向久远的,最重要的还是热情,他欣赏的是"热衷者",而不是"熟练的执行者"。在他看来,"那些能在其他人看不到任何东西的小地点发现美的人是幸福的。一切事物都是美丽的,所有的秘密在于知道如何说明这个美"。他对吕西安说:"我在你的信中感受到你对你作品的极大热情,这是关键所在,只有这样,才能走得更远。"谈及自己的创作,他说:"我制作版画只为了兴趣,不关心怎么卖。"

与时代紧密联结

毕沙罗与时代不是割裂的。他勤奋作画,亦密切地关注着画坛的动向,与同时代的画家保持紧密的联系,自我激励,或汲取营养。这些与儿子交心的信件,几乎成了一个时代艺术的缩影。

1883年，雷诺阿举办画展，"获得了一次伟大的艺术成就"，毕沙罗对儿子说："在光辉之侧，我显得哀愁、乏味和暗淡。"而一切更是激励，转而他对儿子说："好吧，我会尽全力的。"

　　他关注高更"反艺术"的举动，说高更是一个"零碎东西的制造者"。他不喜欢高更从日本、拜占庭和其他国家的画家那里汲取元素，对于高更的为人也颇多微词，说他是个阴谋家，"他已经感觉到资产阶级掌控了权力，便在于民众间萌芽的伟大团结思想前退缩了"。高更热衷于天才人物的评选和借势媒体夸大其词在他看来是不知廉耻，"一个人不缺乏才能，还很年轻，让自己沉溺于欺诈是多么错误！这种描述、这种装、这种画作都如此缺乏说服力！"

　　毕沙罗还曾当面表达自己的看法，他在信中说："我见到了高更，他告诉我他的艺术理论，并向我保证，年轻人会通过在遥远而野蛮的发源地补充能量，找到救赎。我告诉他，这类艺术不是他的风格，他是个文明人，因此，他的职责是给我们展示和谐的作品。我们相互不服地分别了。高更当然不是没有才能，但对他来说，找到自己的风格有多困难！他总是侵入别人的领地，他是正在掠夺大洋洲的野蛮人。"在这一点上，毕沙罗的把握也许并非那么准确，高更，或许正是在"野蛮人"的那个点上找到了自己的心灵归宿，从而探索出自己的艺术风格。当然，艺术家都是有个性的，高更不会听毕沙罗的，毕沙罗也不会听高更的。

　　高更之外，他关注着身边形形色色的艺术家，知道贝尔特·莫里索拥有一些出色的作品，罗丹（Rodin）是个杰出的艺术家，也注意到莫奈一些作品中的粗糙技法，看到西斯莱作品的平庸、勉强和杂乱，莫里索"不先进也不落后，是个优秀的画家"。现实中他和罗丹接触，与罗丹共用午餐，领略到他的魅力。而阅读罗丹的艺术理论，不难发现其在忠于自然、注重感觉、远离浮躁、献身艺术等方面与毕沙罗确实有着惊人的一致。

　　他欣赏莫奈的才华，为与莫奈的作品一起展览而感到荣幸，为他人评论自己的作品超过莫奈而欣喜若狂。他不避谈莫奈"技艺熟练而没有深度"的缺点，但他在意并崇敬莫奈，发现莫奈的独到之处，合适的契机里，他叮嘱儿子拜访莫奈，希望儿子能从伦敦赶来，和他一起看莫奈的画展："我是如此希望你能一起看到整个系列，因为我在这里面找到了我追寻很久的出色的和谐。"他通过莫奈的《日落》系列审视自己的作品："它们在我看来，很有光泽，很大师风范，这是显而易见的，至于我们的新作品，我应该考虑得更深入……但愿我能从技巧的统一上找到什么可改进的地方，或者我更愿意在某些地方选择一种更平静而又不是那么稍纵即逝的视觉模式。"

后来，他的画和雷诺阿、莫奈的画分别以一个独立的房间在同一家画廊展出，他欣喜地看到"画廊里充满了印象派画家的作品"。

信中对于文森特·梵·高提及不多，只是客观地说明他的参展，但从编者的说明来看，毕沙罗与文森特·梵·高也曾有交好。

那是一个大师辈出的时代，也是一个纷繁复杂的时代。艺术家与艺术家之间有惺惺相惜，亦有嫉妒，有派别，有纷争，有纠葛。也许是基于强大的自信和自知，面对艺术家的纠葛、嫉妒乃至谨小慎微，毕沙罗的心胸是开阔的，心态是平和的，和"二十人组"一起展览时他说："我认为和他们一起展出非常好。修拉无疑是一位有异议的画家。他过于谨慎。但是我们——或者至少是我——没什么损失，因为我认识到，绘画中没有秘密，除了艺术家自己的感觉，那是最不容易被剽窃的！"

他希望儿子避开时人的浮躁，将目光回归经典："你必须始终寻求起源：向早期艺术学作画，向埃及人学雕刻，向波斯人学细密画，诸如此类。""要记得，那些早期艺术家是我们的大师，他们是纯洁的先知。"

至于他自己，他说："我，作为印象派实力最均衡的画家，会展露头角……但是，正如我和他解释的，我不渴望得到首席位置，宁愿远离为这种荣誉而与高更及其所好产生的纷争……影响力只有随着时间的推移才会产生，而非意愿。"

作为印象派的坚定践行者，毕沙罗最终成为参加了印象派历届八次展览的唯一一人。除关注身边的同行之外，他将眼光放得更长远，跨越时空去关注他心目中"伟大的画家"。

直至，他自己也成为一个有见地的"伟大的画家"之一。

在这些叙述之外，该书还附有300多幅插图，在开始阅读之前，我就迫不及待地从中选出几幅先行发了朋友圈分享："看毕沙罗的画，总觉得这是一个平静、和谐、身心健康的人。"一位刚从欧洲远游归来、遍访了博物馆的朋友回应道:"确是这样。"

书读完,我也发现这印象是确凿的。

陈艳敏《夏》

马奈，还原了生活的绘画

——读马奈著《马奈艺术书简》①

  像所有具天赋有成就的艺术家那样，马奈不喜欢从政，不喜欢经商，不喜欢父亲给他安排的一切，他只喜欢绘画，并且在青年时期就对因循守旧的艺术产生了质疑和反感，所以他挣脱老师，挣脱世俗，挣脱成见，"用自己的语言来描述当代的生活"，朝着自己的方向欣然生长。

  左拉对他的理解是到位的，说他遵循着自己的本性，狂热地探索真实。"我们被这个行业的所有艺术小伎俩所带坏。如何甩脱它们？谁将能替我们找回一种清楚、直接的画法，而去掉那些装饰呢？有一条真正的路就是直接往前走，不要担心人们将要说什么。"时时刻刻，他要找到生命和绘画中"基本的诚实"。在某次画展的前言中，他对公众说："艺术家不是要让大家来看完美的作品；而是来看诚实的作品。"这诚实，使他的作品还原了生活，与普罗大众和平凡事物联结在一起，他的绘画，没有了艺术的精巧和装饰，

---

  ① 马奈. 马奈艺术书简[M]. 李关富，译. 北京：金城出版社，2012.

袒露出生活的本来面目——《三文鱼，梭子鱼和虾》里的三文鱼和梭子鱼，就那么随意地摆放在旧木桌的一张纸上，像是进得家来随便那么一丢，旁边的几只小虾索性连纸都不垫，直接搁在了木桌上，而那桌子又是那么老旧，抽屉的拉手恨不得锈迹斑斑——总之在这里，艺术的雅致不见了，画家将人们的视线带回到平民的居家和凡常的生活。甚至是一捆芦笋、李子、白色紫丁香也都进入到他的画中，自然朴拙，类似于中国画的小品，简单而有意味。不同于雅致和精巧的艺术，他的画有些粗糙，正如真实的东西或多或少都带着某些粗糙。即使他本人，也被他在画中还原成了一个真实的人——他的《全身自画像》不装饰不讲究，看上去像是一位贫寒的农夫，却因本分而有了一丝感动的情愫。

现实的视角使他的画笔深怀悲悯，他没有忽略身边任何一件事物、一个生命的存在，包括街头歌手，饮苦艾酒者，拿大水罐的男孩，吸烟者，拾垃圾者，戴斗篷的乞丐，拄双拐的乞丐……生活中的许多瞬间也不乏温暖，在《阿卡雄家中》，静坐于桌前的一对母子，一人悠闲地望向窗外的大海，一人慢品着手中的饮料，无有所想，显示着那一刻生活的安宁；《洗衣》中年轻的妈妈面带微笑，拧着手中正洗的衣物，而她旁边两岁左右的小男孩，用两只小手扒着木桶一动不动地看妈妈洗衣……晾衣绳上晾晒的背景，斑驳的阳光，欣然生长的花草，都衬托出平凡生活的美。《弹钢琴的爱德华·马奈夫人》气定神闲，《阅读〈杰出事件〉》的少女清秀娴雅，《拿水壶的茱莉·马奈》回眸看向画家的眼神天真纯净，一尘不染。他以一个画家的热爱将生活定格在了一个个瞬间，捕捉生活本身的美和意义。《拿樱桃的男孩》戴了一顶小红帽，手里捧着一把红樱桃，神色间溢满的幸福与欢快，使观者的我们心里暖暖的；《倒水的妇女》举止淡定，从容优雅中散发着迷人的气质；街头艺人的《老乐手》吸引了几个孩童、妇女和过路人，这随意截取的生活片段，刹那间唤起人们亲切的回忆。

书中还有《穿粉红裙子的贝尔特·莫里索》《斜躺的贝尔特·莫里索》《戴孝的贝尔特·莫里索》《贝尔特·莫里索和一束紫罗兰》等贝尔特·莫里索女士各种姿态的肖像插画，其中《拿扇的贝尔特·莫里索》中一身黑色装束的贝尔特·莫里索拿黑色扇面半遮着脸，透着一点东方的含蓄和神秘，又有着一点天真的俏皮。贝尔特·莫里索是马奈欣赏的同行和他的弟媳。这一组组的画作亦均取材于日常生活。

左拉说,"马奈先生的天才是由精确和质朴构成的",而绘画是一面镜子,照出的是艺术家本人的品质。

马奈天然地富有同情心,他凭借自身本能的敏感与热爱去发现和捕捉生活中的美,他的眼睛里不存杂质,对人对事亦不存偏见。当他以实习水手的身份在海上航行两个月,抵达里约热内卢时,他给母亲写了一封信:"我希望你能写一封真正友好的信给我的女主人,谢谢她那么照顾我……不要因为她开了间服装店而看不起她,她是相当特别的,她的儿子是儒弗瓦寄宿学校的一名学生,一个讨人喜欢的男孩,很有教养,我敢说,比我们中间的很多人(都有教养)……"他强调艺术家应该成为一个"自然发生主义者",但同时又十分在意"人文的感觉",那亦是渗透在他作品里的气息。

他欣赏天才鄙视庸才,他要区别于他人走自己的路。

有人想拜马奈为师但被马奈拒绝了,马奈告诉他两条绘画理念,其中一条是,不要画在其他某个人作品里能看到的任何东西。他说:"那么回家去,在自然中去画吧,这比 X、Y、Z 先生重要得多。"他想告诉那位的是,师法自然,保持个性,而非模仿老师。当别人指责他的作品"不一致"时,他不予理睬,认为那是一波"蠢人","我总有一个野心,就是不保持一致,不在明天重复我昨天所做过的,而是持续地对一种全新的视野做出回应,并寻求发出一种新的声音"。他对朋友说:"当你能够时,你必须去做任何事以让你与其他人能区别开。"而他的作品《草地上的午餐》和《奥林匹亚》皆因革命性的创造在公众中产生莫大的争议与轰动。他不在乎公众的反应,因为"他们需要一些浅薄的东西。我不能提供那些作品,有专门的人能够"。

在众说纷纭之中,波德莱尔和左拉是他坚强的支持和拥护者,对他和他的作品都喜爱有加。艺术家的独特气质使左拉预言他必定会在卢浮宫占有一席之地,"气质独特的艺术家都是富有生命力的,他们不会随岁月的流逝而枯萎和消亡"。而这两位的欣赏与喜爱,也使他们成为艺术家最好的保护神,困顿迷茫之时,马奈就会想到他们,1865 年 5 月,他写信给波德莱尔:"我希望我能有你在这儿,我亲爱的波德莱尔,侮辱像冰雹一样砸向我,我从来没有经历过像这样的事情。"次年 5 月他写信给左拉:"亲爱的左拉先生,我不知道上哪儿能找到你,然后握着你的手告诉你,被一个像你这样的天才所推崇和支持,我是多么地自豪和高兴啊!"左拉的友谊和"那支勇敢的笔",曾给予他莫大的鼓舞。

  当然,他也并非对所有抬举他的文章都买账,因为很多人并不能真正理解他内心深处的想法和他试图表现的东西:"他们的文章表现出勇气和善意,对于此我非常感激。但是他们中的有些人开始以一种错误的方式进行。"在提到其中的一位时,他说:"他把我吹上了天,但是以如此拙劣的方式。"事实上,骨子里他抵制褒奖和奉承,他说:"我不希望任何艺术家在开始的时候就受到表扬和奉承。这将毁掉他的个性。"

  相比于梵·高、毕沙罗,马奈的一生相对平顺,但他也曾经历战争和困顿。在窘迫之时,偶尔也能见到他在信中向朋友张口:"如果你能给我寄点钱来那将会非常好。"他两次写信给西奥多·杜莱:"如果在你的熟人当中有艺术爱好者,你可以把他引到我这边来,我已经全部准备好做出巨大的让步,因为这一刻我很缺钱。"据安托南·普鲁斯特回忆,有一天马奈卖出了他的一幅画,心情异常高兴,对他说:"当我出去的时候,我带上了很多的蜜橘,我把它们装满了我的口袋,在本地的小孩们来乞讨的时候给他们吃。他们可能更喜欢我,但我喜欢跟他们分享一下我的喜悦。这个世界多么快乐!哦,有些东西对某些人来讲没多大意义,但对其他人来讲却意义重大。"感同身受,惺惺相惜,当看到同行莫奈陷入困境之时,他也充满了同情,不遗余力地伸出援助之手。在给西奥多·杜莱的一封信中,他说:"我昨天去看了莫奈,发现他处于绝望和绝对的破产中。"当莫奈不得已要将自己的画低价卖出时,马奈暗中为提高画作的价格做了许多努力,他对杜莱说:"不幸的是,只有像我们这样知道的人才明白,这样做是一件好事,是为了解决一名有天赋的艺术家的困境。"同时他用画笔画下《莫奈一家在花园里》《莫奈在船上画室绘画》《在船上画室的莫奈》,留下那些个时刻,亦表达对莫奈的感情。

  战争爆发后他被迫与家人分离,那些日子里,他不断地写信给他的妻子苏珊娜,时不时地描述战场的情形,"当炮弹从各个方向飞过你的头顶时,你很快就能对此习以为常……普鲁士的俘虏没有受到虐待，这是我第一次看到他们；像我们的民兵一样，他们中的大多数人都非常年轻，而且他们看起来也没觉得被俘虏特别地难过"。然而即使在炮火连天的日子里，马奈也没忘作画，"我的行军包里也有我绘画需要的所有东西……我要把所有的工具利用上来做最有趣的事情"。他的周围，一边是战争，一边是绘画；一边是血腥，一边是美。绘画和美使他于严酷的环境中转移视线，获得安慰。在依靠信鸽传递家书的日子里，他看到鸽子们给巴黎带来成千上万的家书，而当自己没有收到家书时，他也会黯然神伤。依靠气球送信时，他则无法敞开心扉，"在信里我们不能写这里发生着什么，因为信件随气球离开，很可能落入敌手"。

好在战争结束，他和家人团聚，又可以专注地画画了。那是他一生的最爱。

陈艳敏《此心安处》

不凡只在平常中

——读沃尔夫冈·莫扎特著《我是你的莫扎特：莫扎特书信集》①

莫扎特的书信可以再动人一些吗？当然，生活与性情使然，也不好难为音乐家。这信里除了日常的流水账，我没有看到更多吸引我的内容了。他的音乐流传百世，他的信，坦率地说却实在平常。

当然，真实恰在平常中。如果你意在了解音乐家的生活、性情和家长里短，从这些信中还是能够有所收获的。书信集以亲情、友情、爱情为主线分类编排，展示了作曲家的日常状貌。而我的兴趣在于艺术，本想从他的书信中读到一些音乐家对于音乐和艺术的理解，但是很少，日常闲谈中偶尔夹杂一两句，也是针对身边人事的细碎评论，不成系统。

这些信绝大多数是写给家人的，父亲、母亲、姐姐、堂妹、妻子，其中与父亲的通信最长、最为严肃，通篇叙事，没有儿女情长；给姐姐和堂妹的

---

① 莫扎特. 我是你的莫扎特：莫扎特书信集 [M]. 钱仁康，译. 北京：中央财经出版社，2016.

信最为放松，或撒娇耍赖或泼皮斗嘴，活泼娇嗔，十分随意；给母亲和妻子的信不乏温情与爱慕。如他的音乐 *Oh My God*，音乐修养并不深厚的我不能深刻地评述他的音乐，但我以直觉感到他的音乐该如他的性情一般平和舒缓，艺术扎根于生活，让一个内心平静、波澜不惊的作曲家写出如贝多芬那般惊心动魄的曲调是不现实的，而每一种生活、每一种基调在天赋艺术家的作品里都将放射出迷人的光彩。

舒适平淡中，莫扎特依然保有着自己的风格与天赋，这天赋使他难以忍受重复琐碎的生活，作曲是他唯一而持久的兴趣，他要将所有的时间用于他的创作，他不能忍受杂务缠身和时间的无谓拖延与浪费，在教授两个学生期间，他甚至无法忍受哪怕是多一秒钟的等待，他迫不及待地要将自己的每一分每一秒投入到他愉悦的创造中……万般平常之中，就是因了这一点特性，莫扎特便成了举世瞩目的不平常的莫扎特。

音乐家无法、也不必改变生活，而平淡的生活依然造就了他美妙的乐章，以键盘上流淌的平和、诗意与优雅感染、抚慰和愉悦世人，使自己成为世界的莫扎特，难道不正是音乐家莫大的功德与荣耀吗？

陈艳敏《无题》

找到心中的歌唱

——读蒋勋著《给青年艺术家的信》[①]

一

一个人的夜晚，手捧《给青年艺术家的信》，情不自禁地朗读起来——这本书适合朗读，至少对我来说是如此，因为每当翻开来，都有一种想要朗读的欲望，情绪随着文字的节奏抑扬顿挫，高低起伏，仿佛不知不觉进入到生命的同一波段，同一频道，于无形中嗅到一份相投的气息。那是一种享受。

我不知道"丫民"是谁，不知道"丫民"是作者的什么人，但作者写给丫民的每一封信都如散文诗般怡和流畅，像信，又像是自言自语，没有对象地兀自沉浸着，述说着，陶醉着，像一组组的镜头，随眼前的景物、内心的思绪、头脑的记忆悠悠地拉近，悠悠地拉远，心平，气和，自然和谐。没有说"美"，但美就在其中，没有谈"艺术"，但艺术就在其中！……与其

[①] 蒋勋. 给青年艺术家的信 [M]. 北京：生活·读书·新知三联书店，2009.

说那是写给"丫民"的信,不如说是作者内在的流淌和忠于自我的诚挚表达——钟情艺术的人都是如此吗?钟情艺术的人都须执着地守候内心的那一份忠实与虔诚吗?

假如那不是信,假如将抬头的"丫民"去掉,留下来的依然是一篇一篇的好散文,能看到阳光从树木的缝隙间洒落下来,能呼吸到清新透明的空气,能捕捉到人性之中散落的星星点点的美和温暖。是的,让我们"远远地离开艺术,先回到生活里,认真去感觉自己","美学并不仅仅只关系着艺术,更关系着生命的本质"。而那一刻,我只想朗读。仿佛唯有朗读,才能更深刻地领会他文字里传达的美;唯有朗读,才能更全然地体会那样的一种感觉;唯有朗读,才能更直接、更快速地完成与自我生命的某种默契与联结。

我的朗读是缓慢,甚至是沉郁的,世间感人的东西并不都是明朗艳丽的,愈是沉到人性的深处,就愈显深沉;愈是见到生命的底色,就愈加坚定。那是引起共鸣的记忆与情感,是源自内在的生命能量,亦是艺术之中不会衰败的灵魂。

二

昨日读完了蒋勋写给丫民的最后两封信,意犹未尽。读书也像喝茶,要找到自己的那一款。而迄今勾起我朗诵欲望的只有两个人,一个是蒋勋,一个是奥修。

和奥修相遇,曾使我获得了许多内在的欣喜,他的文字带给我的是心性的发现,是突至的、瞬间的焕发,是融入其中不分彼此的感觉,是情不自禁的内在歌唱,充满了喜悦和神奇。于那一个时刻,乃至许多个时刻、每一个时刻,我心怀喜悦,感受"生命的花开"。很多东西,天性本具,只需观照,"生命是接连不断的庆祝","你就在你此时此地的荣耀中"——奥修给我开启了一扇明亮的窗,使我更加清晰地看见了自性的美好,那一刻,我似乎听到了花开的声音,清澈,安然,被美充溢。

而蒋勋,更多的也许是特定的时间里情绪抑或情感的契合,或者某种生活态度和思维方式的巧合,然而也那么美好,似冥定的缘分,偶然,而又必然。顺着他的节奏和气息读下去,读下去,依然是种愉悦的感觉。在他的文字里,能看到清晨的雾,能看到午后的阳光,能看到阳光一点点从窗台移进来,洒在书上,能看见随手拈来的身边的树木、花草、河流,一切都是流动的、感性的,只在那一刻、只在那一处发生,没有杂质,没有旁念,与美同在,与自我同在,与那一个时刻的真实发生同在!他的思维像条流动的河,而他又是一个热衷美学、热衷艺术的赤诚之子,于是他的文字里有诗,有画,有视觉、味觉、触觉、听觉和嗅觉,每一种感觉都带着与生俱来的灵敏,带着天然的气息,带着透明的质感,潮潮的,湿湿的,让你感受并看见那一刻的美好。

蒋勋是生活的,艺术和美也是生活的,让我们在尘世中找到艺术,找到美,找到心中的歌唱。

陈艳敏《粲然明媚,独立自持》

让本能去导引

——读汉宝德著《给青年建筑师的信》①

《给青年的十二封信》《给青年艺术家的信》《给青年建筑师的信》有一个共同特点就是循循善诱，面对青年在聊天，将自己的经验、体会、感受、建议和盘托出，同时又有思想有见地，普通读者读来也受益。

朱光潜先生在《给青年的十二封信》中用审美的眼光语重心长地与青年谈美，谈生活，帮助青年树立健康、快乐的生活观和美学观。蒋勋先生在《给青年艺术家的信》中用散文诗般优美的语言绘声绘色地同青年谈艺术、谈体验、谈理想，将青年引向诗意的艺术氛围。台湾建筑学家汉德宝在《给青年建筑师的信》中结合自身学建筑的经历，向青年讲述和建筑有关的故事，帮助青年拨开迷雾，建立正确的职业观。

汉德宝的信共十封，每封一个主题，在信中，他鼓励青年做梦，说青年的动力就是梦想，"一个幼稚的梦也是梦，也有它的生命价值"。他认为学建

---

① 汉宝德. 给青年建筑师的信 [M]. 北京：生活·读书·新知三联书店，2009.

筑需要特别的个性、压抑不住的兴趣、本能的热爱和诗人的气质，能从中感受到"生命的真情"；"知识分子的理想远超于职业"，要抱着通识的心情学专业，把专业当成人生历练的过程，在争论的环境，也可做体贴的、接纳一切、超乎争论的通人；要有直接的体验、敏感的天赋、原生的思想，不能做仅依赖书本和理论的学问家；"雅以脱俗，俗以近雅"，雅俗共赏；"美，失掉了人文主义的精神，就只有感官的刺激了"；"审美的素养是一种眼光，能敏感地辨别美丑，作为艺术家首先就要养成这样的眼光……就是这种眼光把人类的文化提升到精神的领域"。

这些都是我赞同的，因此引起我深入的共鸣。

无论是从事建筑或是别的，要对事业的本身怀有真热爱，要有想去做它的、本能的需要，"在骨子里，本能就是本能"，这是做好一切事业的基础。汉宝德先生的这个论调曾引起青年对自身的怀疑和迷茫：我是否真的适合学建筑？是否真的具备热爱它的本能？面对青年的困惑，汉宝德先生进一步循循善诱，一方面肯定青年自省的价值和意义，另一方面告诉他，现实生活中，专业和职业不一定非要吻合，将大学的学习当作人生的历练那是通识的眼光。"年轻的朋友，如果你是一个懂得生活的人，最好把建筑当成一种认识生活进而欣赏生活的经验，不要把它当作一种职业，这是享受建筑的不二法门。""如果你只是想学习建筑可以增加生命中的趣味，看上去好像没有出息，其实那是通人的观念。"作为过来人，显然他的思维已经超越了职业，超越了专业，达到了一种人生境界，他引导青年变得通达，"安心地接受多元的价值世界"。

即便如此，他在讲明了建筑师需具备的条件、素养及未来必定面临的严峻环境、际遇之后，还是提醒青年在关乎选择的问题上认真思考，当机立断，若不适合，要及时转向。对于一个不是由衷热爱、"误以为建筑学好就业"的建筑系的学生，他的主张是既来之则安之，用通识的心情和眼光学专业，自专业培养和建立起通向其他职业的全面素养。享受建筑，但不为建筑的职业所累。

他本人就是一个从建筑专业中逃离的先例，因此他的教导深具说服力。但他显然也受到了建筑学的滋养。一切被善用的，都将回报于自身。他以过来人的身份影响青年，却不以过来人的姿态抱持成见，而是立足传统，吸收先进，以积极向上的态度感染青年。他号召青年重视过去，同时提醒青年更要不忘未来，"建筑师的职责是创造，是为未来织梦，而不是回忆。我们向后看，是寻找我们心灵的根源，以便坚定信心，找到未来的方向"。

他的表述，是否让青年顿然有了一丝亮堂的感觉呢？

而在此过程中，汉宝德先生将欧美建筑史话穿插始终，抛开谈话和教导，就是一篇篇关于建筑艺术的美文，使我们了解现代的国际化建筑为何千篇一律给人以相互"抄袭"的印象，古罗马建筑的精神源头在哪里，簇性思维和线性思维模式下东西方建筑的区别何在，建筑如何在实用和美感之间把握平衡，怎样才能做出有感染力的、富有大爱的建筑。他呼吁大学重视建筑史，"用史迹和文字的资料互相佐证，才能真正了解古代的文明，古建筑不过是认识文化的通路而已"。他建议青年在电脑制图的环境下提高动手能力，防止眼高手低，这建议深刻而中肯。

读完此书，神清气爽。

陈艳敏《江南》

第三辑
爱，恒久穿越的力量

"你我相距七千英里之遥，吐露我们灵魂中的一个秘密，除了享受一吐秘密为快乐之外，我们还能有什么贪图呢？"

——纪伯伦著《蓝色火焰》

为了爱情

——读徐志摩著《爱眉小札》

前几天在中关村图书大厦翻了几页《爱眉小札》,"眉""眉眉""眉乖""爱眉宝贝""眉眉我亲亲""眉眉至爱""宝贝""乖""乖乖""亲爱的""小龙""爱龙""最甜的龙儿""我的小甜娘""爱妻小眉""吾爱妻""吾爱妻曼""我至爱的老婆"……遇见了爱情,诗人疯了。有了他的"爱眉",他"什么都不要了",然而,爱情原本不就是这个样子么?愈见其疯,愈见其真,何况这个爱着的人是个浪漫的诗人。因此,貌似肉麻,但能体会。

《爱眉小札》是徐志摩在20世纪20年代顶住来自各方面的压力与陆小曼相爱后写下的日记和信札,其情也痴,其情也真。

他的信里写着爱,亦写着同情。不知道是被爱情冲昏了头,还是眼前的美人的确有着旧时代的不幸,徐志摩对陆小曼的"遭遇"愤愤不平。爱和同情,有时也是一回事吗?有爱就有柔软的悲悯和体恤吗?有爱就有不由自主的心忧和心痛吗?而彼时,诗人仿佛不能自已。

而那个"眉眉"呢?从外表看,一副小家碧玉、小鸟依人的模样,感觉倒也和这甜腻的称呼相吻合。爱是只属于两个人的事情，爱着，总是幸福的。真爱，总是应该被祝福的。而书的封底，却附了梁启超在二人婚礼上的一篇"祝福"——那是怎样的"祝福"啊！对这对恋人鞭挞有加，言辞犀利，不留情面，甚是扫兴。据说他是二人的证婚人，如此的做法恰当吗？这样的证婚人受欢迎吗？彼时我联想到他的儿媳——徐志摩早些年追求过的对象林徽因。不同的性格，不同的命运。只不过从艺术的角度，我似乎更喜欢陆小曼，那是一份更加丰富、更加活泼的真性情。

让我意外的是，在《爱眉小札》里，我偶然见到了陆小曼的小画《春雨江南》，画的是徐志摩家乡的风光，滴滴点染，那么地有感觉，有味道，如其人一样灵秀飘逸。知道她画画，但不知道她画得这么好。那一刻我想，这样一个多才而又感性的女子，让诗人着魔至此，到底该是有着一些与众不同的美好吧。何况爱情常常是说不清道不明的。

尽管，从传统的角度，从道义的角度，梁启超说的或许不是全无道理，但为了爱情，我们还是祝福他们吧。

陈艳敏《比翼》

悲惨的境地

——读阿伯拉尔等著《绝·情书》①

在这世上,还有比阿伯拉尔和爱洛伊斯更不幸的吗?

这是一出悲剧。带着现实的劫难和屈辱,伴着精神的痛苦和扭曲。读起来艰涩、压抑而沉重。

中世纪法国著名哲学家、神学家、逻辑学家阿伯拉尔和爱洛伊斯在爱洛伊斯寄居的舅舅家疯狂地陷入爱河,但却遭到舅舅的极力阻拦和一路陷害。在对爱洛伊斯超出了亲情之爱的妒火下,她的舅舅对阿伯拉尔的狠毒到了穷凶极恶的地步——在一个沉睡的深夜竟然串通阿伯拉尔的仆人去掉了他的男根。

悲剧即从这里开始了。

不得已之下,悲愤绝望的阿伯拉尔和爱洛伊斯分别进了修道院"信"了上帝。然而在内心,彼此依然炽热地爱着,爱洛伊斯为阿伯拉尔做出了全部

---

① 阿伯拉尔,等. 绝·情书[M]. 葛海滨,译. 北京:华夏出版社,2017.

的牺牲但不隐瞒自己的感情，在高墙深锁的修道院里，她写信对爱人坦承不信上帝只为爱情；阿伯拉尔怀着同样的真情，却不得已于无望中将其尽力深埋于心，压抑、沉默，内心却纠结、痛苦，言不由衷，直至于最后一封信中对爱洛伊斯一边说着爱，一边说"别了"，万般无奈、走投无路之时试图从上帝那里获得一点慰藉与安宁……

如果说阿伯拉尔的遭遇令世人同情，那么更可怜的还有爱洛伊斯。她在信中多次诉及，进修道院不是她的所愿，一方面是听从了阿伯拉尔的召唤——不知是出于何种原因和目的，阿伯拉尔希望她进修道院并且亲自将她送进修道院；另一方面，她是为了爱情，为了她爱的阿伯拉尔，她甘愿断绝尘缘。在那里，她无法笃信上帝而只是执着地追寻爱情，期待和寻找阿伯拉尔，那是她内心真实而热烈的感情，因此她不止一次地说她不会为此忏悔。对待爱情她坚定执着，而上天，却给了她一个如此的结局。

在修道院，她写信给阿伯拉尔："难道提起我的阿伯拉尔的时候，就不能不伴着泪水？难道说出你的名字的时候，永远都要带着一声叹息？你看啊，我祈求你，你将我置于何等悲惨的境地；忧伤、痛苦而无可慰藉，除非这慰藉来自于你。因此，我请求你，莫要冷漠，也莫要拒绝给我只有你才能给我的那些许慰藉。"

面对她的痴情与缠绵，阿伯拉尔对她说："你当作此念：我是一个希望断绝你再与我谋面的愿望的逃兵。但当时爱意尚炽，断绝对你的爱，是何等万难的事！弃绝尘世，千倍易于弃绝你。这个尔虞我诈、信仰阙如的世界，我深为憎恶，对之再无留恋，但这颗迷失的心仍不断寻觅你，虽有理性的力量，仍因失去你饱浸痛苦。"他试图说服自己、也劝说爱洛伊斯皈依上帝，获得安宁，然而执着的爱洛伊斯心中只有爱情，她对阿伯拉尔说："我轻松地舍弃了所有尘世生活的乐趣，只留下了我的爱情，私下还有一件乐事，便是不断想你，听到你还活着。但是，唉！你却不是为了我而活，我甚至不敢奢望能再见到你。我心中之痛，莫甚于此。""我比你要可怜一千倍，因为我仍有千倍的激情要去抗争。我必须要抵抗爱情在一颗年轻的心里点燃的火焰。我们女人，天性柔弱，而且若要抵御，须费更大的力气，因为那个攻击我的敌人使我欢喜；我深爱威胁我的危险，又叫我如何不屈服？"

一边是爱情,一边是戒律。但在阿伯拉尔面前,爱洛伊丝的爱情永远盖过了戒律。"我不应再期待看到从前你一行一动皆有的风采;也不应再希望看到你充满爱欲的回复。我们已受戒出家,便应牺牲一切,严守戒律……你,阿伯拉尔,会幸福地度过你的一生;你的欲望和理想都不会阻碍你获得救赎。但爱洛伊丝必将哭泣,她必将哀伤至死。"她说:"我开始意识到,我过于享受给你写信这件事,这封信,我实应焚之。这说明我仍深深地爱着你。"

阿伯拉尔无法无动于衷:"你的心中仍旧燃烧着无法熄灭的烈火,而我的心中则充满了烦恼与不安。爱洛伊丝,你莫要以为我心神已全然平静;我在这里最后一次向你敞开心扉——我尚不能斩断对你的感情,虽然我努力压抑我对你的千般柔情,但无论如何努力,我对你的悲伤仍感同身受,且冀希与你分忧。你的信于我深有触动,我又怎样能对你的纤手之所书无动于衷!……伤心的爱洛伊丝啊,这便是阿伯拉尔所处的悲惨境地。"

但在另一封信中,他又说:"对爱洛伊丝真正的爱,是给予她退隐和德行带来的宁静。我意已决:这封信将是我犯下的最后一个错误。永别了。如果我死在这里,我会命人将我的遗骸运回保惠师修道院。届时你将会见到我……我希望你会愿意,在你的生命结束之时,埋在我的身旁。届时,你冰冷的骨灰将再无畏惧,我的坟墓也将更为圆满,愈广为人知。"

就这样,他们死后"相见"了,在一个未知而虚无的世界,"相见"了。读的过程中,竟然泪流不止……

这一切,都太过摧残了。能爱时,坦然相爱吧。当然,阿伯拉尔和爱洛伊丝,实属情非得已。

他们的故事,自然地还会让我们思考很多,比如宗教,比如神性与人性。在神与人之间,阿伯拉尔曾经那样地纠结啊,而神性与人性,原本合而为一,共存一体,神性是在人性中彰显的,脱离了人性的神性不是真正的神性。这让我联想到前不久刚刚读完的齐奥朗的《眼泪与圣徒》,圣徒总是伴着眼泪和苦难,然而苦难和眼泪究竟在多大程度上是变态、扭曲和摧残的呢?圣徒总是抱着对上帝貌似坚贞的爱,而这爱有多少是来自自我的虚弱与欠缺,又有多少是来自虚无和自欺的呢?当然,阿伯拉尔和爱洛伊丝之寄望于上帝，实则走投无路之时苦苦寻到的一点命运的慈悲与救赎，因此除了同情，还是同情。

时光流转，当事人连同那些苦难的日子都早已远去了，而多少年后的今天听到他们的故事，却依然深感虐心和诧异。愿一切的邪恶都不再发生，愿一切的苦难都远离无辜的人们……

陈艳敏《问世间情为何物》

一段难以磨灭的记忆

——读萧伯纳、爱兰·黛丽著《纸上的爱》①

世上的爱情有千百种,其中的牵扯与纠缠似乎是相同的。萧伯纳与爱兰·黛丽于"暧昧不清"之中通信长达30多年,直至爱兰·黛丽70岁、萧伯纳也已经61岁之时,萧伯纳先生写信给爱兰·黛丽女士时还在说:"在我的心坎里没有一个女人可以代替你的位置。我以往对你说过的一切最轻佻、最放荡的话,现在依然有效,我一句也不收回。我是无可救药的。"究竟是一种怎样的力量在牵引?究竟是一种怎样的力量彼此牵连而不放弃?爱情恐怕原本就是一件说不清的事。

萧伯纳与爱兰·黛丽,一个剧作家,一个演员,工作往来中擦出火花或本正常,但令人惊奇的是,两人一生中近在咫尺的相见却只有一次,那一次,还只是公众场合萧伯纳先生对爱兰·黛丽女士行了吻手礼,除此之外,两人现实

---

① 萧伯纳,爱兰·黛丽. 纸上的爱[M]. 黄嘉德,译. 上海:上海文艺出版社,2016.

生活中的爱情便再无交集了，所有的情和爱，都在这些频繁往来的书信中。

除了爱情，两人在信中也谈事业，或者说这种夹杂着暧昧的叙谈就是从事业中开始和产生的。两人偶然相识，却天然信任，敞开心扉，坦诚相见，谈起剧本、演出，彼此从不避讳犀利的批评，态度、用词都不假思索，而信任，往往就是潜藏于不加设防和无所用心之中的。当然，天然的信任来自好感，来自某种冥定的机缘。萧伯纳倾心于爱兰·黛丽，不只是为她的美貌倾倒，而在美貌之外，更欣赏她的个性，坦诚、自然，包括她的才情、见识都在吸引他，萧伯纳说："在见识方面只有爱兰可以和我匹敌。"

两人的纸上交往自萧伯纳的信开始，从谈天说地到谈情说爱，从收信写信到渐成习惯和依赖，似乎是一个不知不觉的过程，其间温度不断升高，彼此的称呼也在微妙地发生着变化，从"先生""女士"到"亲爱的""最亲爱的"，到"无耻的人""不忠的、无信的、妒忌的、刻薄的、卖弄风情的爱兰啊""你这亲爱的宝贝""小淘气"……彼此的爱慕与日俱增，爱兰·黛丽从一个矜持的、有所保留的收信者，到"每过一分钟，我对你的爱就更深一层"，也是一点一点地陷入了爱河，日日渴慕和期待，但他们克制，努力地克制。

两人并非没有见面的机会，工作的往来，住所的临近，舞台上，化妆间，某个朋友的聚会，都是他们轻而易举见面的好机会，但碍于这一层的情感，见面在他们中间却始终成了一道屏障——那是人为的屏障——他们回避，不管出于什么原因——胆怯、自卑、不安抑或恐惧，他们始终回避，想，但不敢。尤其是爱兰·黛丽，在信纸上再渴望，再热烈，也努力克制，有意地躲避现实中的会面，应萧伯纳的召唤给萧伯纳寄去的照片也只是轮廓或者局部，留给对方无尽的想象。萧伯纳先生也不勉强，宁肯受这神秘的吸引，为之着迷并煎熬半生。

两人相互爱慕，又彼此独立，其间并不隐瞒自己的感情生活。他们相爱时爱兰·黛丽已经结婚，萧伯纳是依然有着无限可能的自由之身，书信中，他们并不避谈自己的情感与际遇，并不避谈自己遇到或者动心的人和事，无意间有嫉妒，有误会，有赌气，其间信件也偶有中断，但更有牵挂、在意和难以放下，直至误会消除，恢复常态。无比放松之时，他们依然说着一切恋人都可能说出的甜言蜜语，彼此的称呼也急切、热辣而肉麻，而这就是爱情。在爱情的魔法下,他们情不自禁地彼此贴近,无话不谈,在往来絮叨中度过缠绵不尽的日日夜夜。纸上的爱,优美动人,却也不难让人联想到懦弱与浅薄,对此萧伯纳先生说:"有人也许埋怨说这一切都是纸上的;让他们记住:人类只有在纸上才会创造光荣、美丽、真理、知识、美德和永恒的爱。"

封底的评述也很动人:"他们开始通信的时候,都已是声誉卓著的中年人,洞晓人类和自身的弱点,却每每怀着同情和怜悯;不愿成为情欲的奴隶,却也不曾惧怕过爱情的到来。但爱情对他们两人来说,不是焚烧一切的山林烈火,而是奔腾不息的涓涓流水……三十多年,百多封情书上,自始至终,他们只通过不可靠的文字相互表白、倾诉,却留下了一段最为可靠的感情。"

落纸的文字,定格在了那些特定的时空里,而现实中的爱,究竟是深还是浅呢?在纯精神中游弋的柏拉图真的能走向人类爱情最深的深处吗?

动人的爱是流动不居的,然而永恒或许并不存在。自1898年萧伯纳结婚以后,两人虽仍念旧情,但往来的书信明显减少,落款称呼也各自回复了理智和冷静,爱情之花伴着暮年的到来,在书的"第五幕"日渐枯萎了……

纸上的爱,是段难以磨灭的记忆。

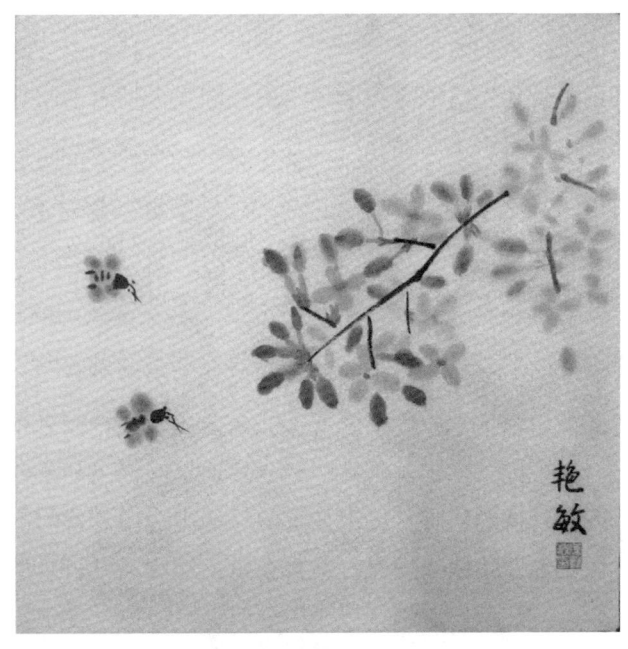

陈艳敏《丁香花发又逢春》

一场磨难，一场诱惑

——读纪伯伦著《蓝色火焰》[①]

  纪伯伦、梅娅，萧伯纳、爱兰·黛丽，这两对在柏拉图式恋情里消磨了大半生的人真正享受到爱情的滋味了吗？柏拉图式爱情真的将他们带向了幸福吗？将大半的生命交给了柏拉图的痴心人真的心无遗憾吗？虽然那些书信是真挚、热烈抑或滚烫的，但没有上升到灵与肉的爱情真的完美而可称羡吗？在读这本书信集的过程中我的头脑里不断地出现如此的疑问。

  《蓝色火焰》是诗人、作家纪伯伦与恋人梅娅相隔万里、凄美缠绵的通信集。

  在梅娅之前，纪伯伦曾经与玛丽·哈斯凯勒恋爱，她是一位欣赏、关心并不遗余力资助他、帮他走向成功的女士，然而当纪伯伦向她求婚，她再三犹豫和挣扎之后，拒绝了，走向了她的另一场命运。而另一个女子梅娅，却飞蛾扑火般扎入了爱情的陷阱，出现在纪伯伦的生命中。此时的纪伯伦已经不想结婚了，但他也并未放弃梅娅，两人在纸上缠绵，互诉衷肠，然而爱情

[①] 纪伯伦. 蓝色火焰 [M]. 李唯中，译. 北京：九州出版社，2014.

的温度却终未燃到现实的沸点。信里的女子有幻想，也有幽怨，有期待，也有失望，有激情，又无以尽情尽兴，从少女到终老，始终被某种东西牵引着，在一份虚无缥缈的情感里缠绕、希冀、试探、受伤，凄苦缠绵，却难以捕捉，无期无解，冷暖自知。而纪伯伦，在孤独的排遣中亦依赖着与他通信的女子，这远方的女子给他的生活加添了色彩，带来依稀的亮光与希望，他将梅娅当作灵魂伴侣，但并未激起更多的祈求。当他领会了女孩的意愿与期盼，他并未朝着女孩希冀的方向奔跑，他回避婚姻，逃避现实，他只想在往来的信笺中传递情怀与情思，他对女孩说："你我相距七千英里之遥，吐露我们灵魂中的一个秘密，除了享受一吐秘密为快乐之外，我们还能有什么贪图呢？"女孩于他，究竟是深爱的对象，还是自我扶助的一根稻草？说不清楚。面对女孩的困惑，他也只是希望"多多地，怜悯些；多多地，怜悯些"。

当然，这情感的发生于梅娅或许是自然而然、始料未及的，梅娅将大半生交给柏拉图式的爱情，交给纸上的纪伯伦，或许也是跟随了自我内心的召唤，她在1920年12月6日的信中对纪伯伦说："这种信任自打一开始就像先天生成，无须等待时间去加强它。"纪伯伦在她的心中，也许就像父亲一样踏实而可依靠，不知道这种感觉是否曾于少女的幻想中将她引向歧途，曾经，她贪恋这一切，她在信中向纪伯伦述说："穆斯塔法，在我的心中，你的信是多么甘甜！你那介于无味与平凡之间的话语是多么柔美！你的遣词造句和行行字迹是光、热、露、微醉、谦恭和歌声汇成的溪流。"

一切真挚的情感都是美丽的，梅娅小姐情真意切的信件无疑也打动着纪伯伦，他在给梅娅的信中说："梅娅，你的信多美多甜，就像从高处奔腾而下的一条香醇之河，唱着歌流淌在我的美梦峡谷中，简直就像奥尔甫斯的六弦琴，将天边变成眼前，把咫尺推向遥远，并以其奇妙的颤音将顽石化作炽燃的火炬，把枯枝变为抖动的翅膀。"这情感于作家纪伯伦或许也是难脱难解的，他说："在这种情感之中，有一种永不消失的痛苦忧烦，但它对于我们来说十分珍贵。"他需要梅娅，他说："我恳求你给我写信，求你用翱翔在人间道路上的绝对单纯精神给我写信。"他说："梅娅，你是荒漠中的呐喊声，你是神圣之声，神圣之声将回荡在能媒中，直到时光竭尽。"他爱着的梅娅，在那些扑朔迷离的时光里必然如天使般慰藉着他。在信里，他跟梅娅谈大海、谈森林、谈理想，谈灵魂深处的内在情绪与情感，那亦是面对异性、知己抑或爱人的放松信任的感觉。

  当然很多的时候，他也跟梅娅谈书、谈文学、谈绘画，谈他的《先知》《疯子》《泪与笑》，毕竟，他是作家纪伯伦。而那一头的梅娅，作为文学评论家，对纪伯伦也有着一份深深的了解与懂得。这份了解与懂得，更加重了彼此的依赖，纪伯伦在信中对梅娅说："你是最接近我的灵魂的人，你是最靠近我的心的人。"

  然而爱是会伤人的。在这没有尽头的爱情拉扯之中，两人有矛盾有争吵，有痛苦有不悦，像所有的恋人那样，敏感的梅娅也一再地受伤，受了伤的梅娅也曾想过止步，但她终未止步，如纪伯伦在信中所说："我过去和现在都认为，有些体验只有两个人同时参与时才会产生，也许这种认为就是那些信件的最初原因，从而使你对自己说：'我们应该到此止步！'感谢上帝，因为我们没有'止步那里'。"然而没有止步的梅娅又是怎样用一生去熬过那无人陪伴的日日夜夜的呢？纪伯伦对她说："日后如果我们再争吵（假如非争吵不可），我们不应该像往常那样在每次战斗之后分道扬镳。"没有分道扬镳的梅娅又经受了几多的委屈与无奈呢？纪伯伦说："我只是爱她也便够了。我用我的灵魂和理智爱她也便够了。"对于"柏拉图"的结局与选择，梅娅女士也是这么想的么？

  柏拉图是一场磨难，也是一场诱惑。在这磨难与诱惑的此消彼长之中，纪伯伦所称的这"雾霭般的神交"又究竟给他们带来了什么呢？合上书本，一切都归于了泥土。

爱，恒久穿越的力量

——读海莲·汉芙著《查令十字街84号》[①]

自从电影《北京遇上西雅图2》上映，贯穿电影始终的这本《查令十字街84号》就开始红火起来。对于太过热闹的事物，我本来是保有警觉的，但在人们对《北京遇上西雅图2》的热情渐渐冷却之后，无论是在颇具品味的济南品聚书吧，还是在当当的醒目位置，这本《查令十字街84号》仍然屡登榜首，直到前不久，勾起我买一本的欲望。

书昨天送来，一个晚上加一个早上的时间读完，其间充满了感动。这就是一个纽约的爱书人和位于伦敦查令十字街84号经营古旧书籍的马克斯与科恩书店之间往来通信20年的故事。故事当然离不开书，那是一些你来我往的书单、账目，有爱书人的迫切等待，也有寻书人的真诚寻找，有爱书人出于热爱的欣赏与挑剔，也有寻书人尽力满足的恪尽职守，有爱书人收入不定的现实境况，也有作为书店店员的英国人物质配给不足的生活紧张，有美

[①] 汉芙. 查令十字街84号[M]. 陈建铭, 译. 南京：译林出版社, 2016.

国人跃然纸上的自由活泼，也有英国人天然自带的严谨儒雅。海莲·汉芙像一个俏皮的小丫头，嬉笑怒骂，坦诚率真，与大洋彼岸的"诸位先生"自来熟般直接相见，以至于收到她的信，成为大洋彼岸的"诸位先生"最期待的事。从固定一个人——弗兰克·德尔视如职责地给她回信，到个别员工偷偷给她写信，再到所有员工，乃至书店周边一位慈祥高寿的老太太也卷入他们的行列给她写信，信的称呼从"诸位先生"到"弗兰克·德尔"到德尔的妻子"诺拉"、员工"塞西莉"，到"仁兄"和"亲爱的弗兰基"；从"敬爱的夫人""敬爱的汉芙小姐"到"亲爱的海莲""海莲亲爱的""甜心儿"，肯定有人会问究竟发生了什么。

20年，总是会发生些什么的。

海莲·汉芙是个朝不保夕、摇笔杆子的穷作家，如她从广告中看到这家书店，给他们写的第一封信中所附的书籍清单和对清单给予的特别说明：

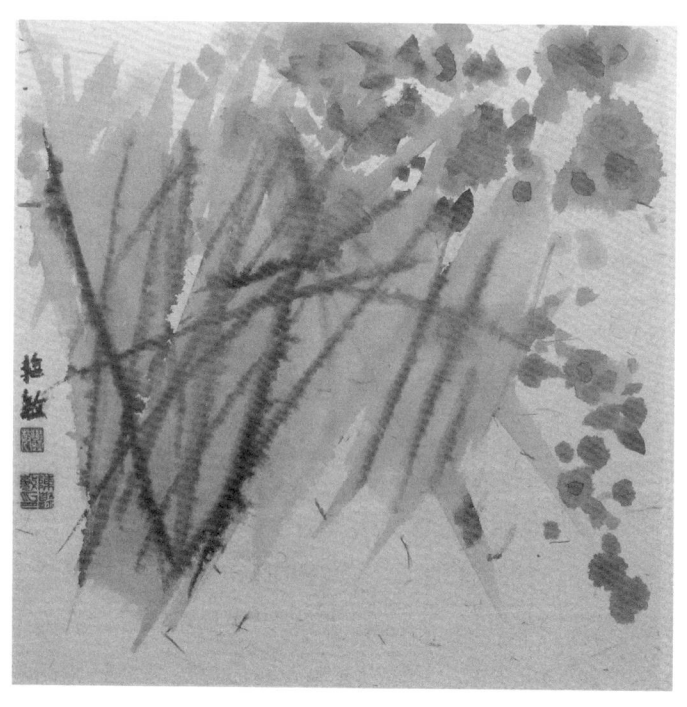

陈艳敏《南枝已见春消息》

"如果贵店有符合该书单所列，而每本又不高于五美元的话，可否径将此函视为订购单，并将书寄给我？"实际上她过着拮据的生活，但在自此开始的长达20年的通信中，当她偶然从一个住在自家楼上的英国人那里得知，查令十字街84号和他们通信的这些可爱的店员们和其他英国人一样，正在经历物质配给不足的困扰，一个月可能才分到一个鸡蛋时，她慷慨地给他们寄去了鸡蛋、罐头。这份突如其来的礼物给查令十字街84号的他们带来了太多的惊喜，他们分享着这些珍贵的礼物，而这礼物，从此再未间断。

海莲·汉芙成了他们心中最可爱的人。他们希望见到她，希望她有机会到英国来，他们将热情地款待她，给她准备好可以"持久居住"的房间。海莲·汉芙也屡屡动念，想到这个令她向往的地方一游。为此她期待她的剧本上演她能拿到一笔丰厚的报酬，每当有意外的机遇和希望，她都会写信给查令十字街84号，告诉他们如果拿到了这笔钱，或许她就可以成行了。查令十字街84号，始终都在等待中。然而她的际遇也在不停地发生变化，糟糕之时甚至连买书的钱都没有了，只能让书店替她留着，然后一本本寄出。直到20年后，她收到书店另一名员工的一封回信，遗憾地告诉她20年来和她通信的主笔——弗兰克·德尔先生已于不久前去世，而书店的老板马克斯先生也已先于他离开了人世。这个不幸的消息，结束了他们20年的交往。而那时，英国的配给也已不再紧张，也不需要她再寄去日常的食品了。弗兰克·德尔的妻子、女儿怀着感激依然给她写信，并奉献出这些书信，供海莲·汉芙女士出版，同时也表示遗憾：海莲·汉芙未在弗兰克·德尔离世前来到英国和他们见面。

然而冥冥中还是有一种力量，跨越了时空，感动了千万人的心。捧读此书，往复的书信文字简洁，但每每有几欲哽咽的感觉——那绝不是文字的力量。据此改编的电影《北京遇上西雅图2》也有这种力量。那是穿梭其间的爱和温暖，是超越了书籍、超越了书信、超越了时空和国度的爱所维系的——爱，的确是一种恒久穿越的力量。而一切，又是那么斯文。

好的作品，不是"作品"，总能让人看见光。

随着古旧书店的衰落和书店主营人员的相继离去，今天马克斯与科恩书店的遗址上只剩下一块牌子，上书"查令十字街84号，因海莲·汉芙的书而举世闻名的马克斯与科恩书店原址"。然而,前来凭吊的人依然络绎不绝。《伦敦的书店》作者杨小洲先生前不久在著该书时也曾特意跑到那里,将他看到的情景通过书籍传递给包括我在内的读者。读书人的心,大概是相通的。这感人的过往,的确值得记取。

陈艳敏《被雏菊照亮的午后》

第四辑
不变的理性与淡定

"我时常想,做学问,做事业,在人生中都只能算是第二桩事。人生第一桩事是生活。"

——朱光潜著《给青年的十二封信》

见字如面

——读汪曾祺著《汪曾祺书信集》[1]

在我的印象里,提及书信,给人的感觉都比较真实自然,尤其是给家人的书信,在没有互联网的年代,那通常是推心置腹的正常谈心,所谓见字如面,更易还原书写者的真性情和彼时的生活场景,《梵·高艺术书简》《傅雷家书》和吴藕汀写给知音好友的《药窗杂谈》莫不如此。

而在我的抽屉里,至今还保留着满满一抽屉的信件,同学,朋友,师长,亲人,闲暇的时候偶尔展读,音容笑貌即刻呈现,有父母的谆谆教诲,有老师的亲切叮咛,有同学的互通消息,有好友的知心恳谈,依然带我回到那个富有人情味的淳朴而又诗意的年代。

这是我第一次读到汪曾祺先生的书信集。作为一位文人,信中除了少不了的与编辑、出版商的往来之外,确实也有着其散文集里所没有的新发现。在这本集子里,我看到一个比在他散文里看到的更活跃的汪曾祺,没想到散

---

[1] 汪曾祺. 汪曾祺书信集[M]. 上海:上海三联书店,2016.

文中那个散淡平和的汪曾祺先生，于生活中却如此活泼和幽默，应邀去美国走访之时，演讲聚会交友，如鱼得水，于社交圈里竟也如此受欢迎，这和那个散文里的形象多少有着一些反差。而生活可能就是如此。人们常说文如其人，有时候，文并不能全然地概括和表达一个人。一个作家，在"文"之外，或许还有许多其他的面相。毕竟，文字是死的，人是活的。而汪先生在国外受欢迎，我想还有两个直接的原因，那都是他的拿手好戏：一是他的厨艺。在美国，他时不时地给华人和留学生"露一手"，将家乡菜拿出来吊他们的胃口，难道这不是最中下怀的吗？二是他的文人小画。出国之前他就带上了，分发给各路朋友，极受欢迎，到最后竟然被抢空了，而他原是自带笔墨有备而来，现场作画分给朋友。不同于中规中矩的其他画家，绘画于他只是消遣，他说他的画从未定过润格，不被钱束缚，便得喜悦和自在。至少绘画为他赚得了极好的人缘。当然，画不卖，但也不滥送，画画的人都是有性格的，他在给"古剑兄"的信中说："香港作家如愿要我的字画，可通过你来索取，但要你认为索字画者不俗。"

既然是书信，还少不了一些家长里短和生活细节，而正是在这些生活琐细之中或许才最见真性情。在给妻子的信中，他谈自己在外的见闻和经历，讲自己在哪演讲了，说了什么，效果怎样，像工作汇报，当然，信很家常，很交心，聊天不怕啰唆。有时他将演讲稿寄回，嘱妻子妥善保存，说日后著文时可能会用；有时在末尾还会说："为了你，你们，卉卉，我得多挣一点钱。我要为卉卉挣钱！"有时在外赶稿子，他向妻子交底："赶写十篇，就是为写而写，为钱而写，质量肯定不会好。而且人也搞得太辛苦。"他看好黄永玉，在黄永玉名不见经传的时候就给老师沈从文写信恳请其对黄永玉鼎力相助，"他年纪轻（方二十三），充满任何可以想象的辉煌希望。真有眼光的应当对他投资，我想绝不蚀本。若不相信，我可以身家作保！我从来没有对同辈人有一种想跟他有长时期关系的愿望，他是第一个"，"黄永玉不是那种少年得志便颠狂起来的人，帮忙世人认识他的天才吧"。果然，黄永玉在后来于艺术的道路上取得了成功，在这件事上我们也同时看到了汪曾祺先生的眼光和爱才惜才的迫切心情。

除此之外，这本集子还收录了他与巴金、黄裳、范用、邓友梅等一众人的通信，信中谈到聂华苓、张充和、林徽因、费孝通、老舍、李健吾、郑振铎、叶圣陶、贾平凹、邵燕祥、王蒙、范曾、陈映真、蒋勋、杨振宁、李政道，私下里也涉及各自性情，画画的他和蒋勋合得来，因志趣相投，相谈甚欢。在信中他谈写书出书，谈版税销路，谈印数太少出版社会不会赔本，谈在台湾出香港出大陆（内地）出还是海外出等等。一个作家、艺术家，或者说一切从事创造性工作的人或许都不愿意被别人指称自己"像"谁——效仿是艺术的天敌，个性是艺术的生命。在给"志熙同学"的信中，看得出来，汪曾祺先生也在努力廓清自己在风格上与沈从文先生的师承联系，他说："我和沈先生的师承关系是有些被夸大了。一个作家的作品是不可能写得很'像'一个前辈作家的。至于你所说我和沈先生的差异，可能是因为沈先生在四十年代几乎已经走完了他的文学道路，而我在四十年代才起步；沈先生读的十九世纪作品较多，而我则读了一些西方现代派作品。我的感觉——生活感觉和语言感觉，和沈先生是不大一样的。"在信中他还谈到自己的家乡高邮，他与高邮的关系若即若离，似乎有点微妙，"我觉得高邮当局对我这样一个略有虚名的人有点吞不下又吐不出"，"他们对我一直是'实则虚之'"，再加上"我家的房子不知为什么总不给解决"，但他在心里又是惦记着高邮的："我是很想回乡看看的……如果由高邮的有关部门出函相邀，我就比较好说话了。"最后他在给戎文凤市长的信中索性直说："曾祺老矣，犹冀有机会回乡，写一点有着家乡的作品，希望能有一枝之栖。"

  不知最后，他的愿望是否实现了？一切人事，俱往矣。而今日的人们，也早已少了一些"见字如面"的坦诚、亲切与从容。

薪火相传，文脉永续

——读潘耀明著《这情感仍会在你心中流动》[①]

世间写文人轶事的著作并不少，潘耀明的独到之处是从自己收藏的名人信札、手稿、书画以及交往的细节、"过手"的作品或面对面的访谈写起，拉近距离，获得"切近"的真实感。身为编辑家和出版人，潘耀明不仅有这个便利，还有这个眼光。

潘耀明自20世纪七八十年代起，从事当代中国作家的研究及著作出版工作，其间收藏了大量名家书信、字画，"单看他拜访过的茅盾、巴金、老舍、冰心、曹禺、丁玲、艾青、端木蕻良、萧乾、钱锺书、沈从文、俞平伯、汪曾祺、吴祖光、新凤霞、柯灵……无一不是新文学史上熠熠生辉的文学大家，就非常之难得"。严家炎先生在书的序言中说，捧读此书，"百感交集"。令他感叹的还有，作者与每位文学大家的交往都不止一次，而是长达数年、十多年、数十年，书中的很多信札、手稿、字画、访谈，均为首次登

---

① 潘耀明. 这情感仍会在你心中流动［M］. 北京：作家出版社，2021.

陆内地,因此弥足珍贵,不可多得。

在此基础上,潘耀明深入、扩展,从文学成就、日常生活、情感经历、个人命运等多个层面作立体呈现,使读者看到的不仅仅是一个个作家、文学家、艺术家,更是一个个的人,一个个有血有肉、风格各异、鲜活具体的人。"文学即人学"。如沈从文在作品中"供奉"人性,潘耀明的笔端也充满了人情味,通过回忆,他将这些熠熠生辉的名字还原到跌宕起伏的时代大背景中,还原到真实具体的日常起居中,还原到某个夜晚某个清晨的某个表情、某段对话中,设身处地地去体恤和观照,推断和联想。每一个人,都在历史的局限中,不求完美,但求真实。他们来过,爱过,认真地思考、真实地面对过,有欢欣有幸福,有悲苦有无奈,风雨飘摇,他们用笔、灵魂和生命,努力为世界留下一些什么。那些作品、那些手迹、那些信札,承载了写作者真挚的情感,而多年过去,"这情感仍会在你心中流动"。

"这情感仍会在你心中流动",原是金庸为潘耀明随笔集《永恒流动的情感》所作题记中的一句:"许多天、许多年之前,情感曾在你心中流过,今天、明天、明年、后年,这情感仍会在你心中流动,逝者如斯夫,不舍昼夜,却永远流不尽,因为有些情感——是永恒的,因为那是深情。"大师的笔墨,饱含了同样的深情,亦将化为永恒的一部分。

自20世纪90年代初接到金庸的聘书,潘耀明在《明报月刊》工作将近30年,其间还曾任职于香港三联书店,与文人书信往来,交往互动,是他的工作日常,风雅濡染、往来唱和抑或惺惺相惜之中,与众多文友、前辈结下了深厚的情谊。

在有过几番通信之后,1978年夏天,潘耀明和艾青夫妇在北京见面,艾青问潘耀明最喜欢他哪一首诗,潘耀明说出《我爱这土地》和《时代》,诗人当即誊抄了《我爱这土地》这首写于1938年的诗歌给他作纪念,这份诗稿成为他日后细心收藏的珍贵手札之一。面对诗人刚刚写下、墨迹未干的诗句,潘耀明饱含深情的解读更是多了一层有别于他人的意味。

潘耀明第一次拜访冰心,冰心听说来访者是福建老乡,格外高兴,信笔挥毫为他写了一张秀丽的小楷:"海波不住地问着岩石,岩山永久沉默着不曾回答;然而它这沉默,已经过百千万回的思索。"冰心写下的,正是她

《繁星·春水》里的诗句。"冰心这些含蓄隽永、富于哲理的小诗,曾拨动千千万万年轻人的久已沉默的心弦,在她的影响下,'五四'以来的新诗,还进入一个小诗流行的时代。"

汪曾祺题赠给他的一副对联"刚日读经柔日读史,有酒学仙无酒学佛","可视为汪曾祺逍遥一生的自我况喻"。汪曾祺的文人画也可圈可点,在潘耀明看来,汪曾祺擅于将国画和西方印象派画风互为融合,兼收并蓄,创出"不中不西,不今不古"的写意画,别出心裁。然而基于对汪先生的了解,潘耀明说,烟、酒才是他的第一生命,文章、书画是他的第二生命。

1983年潘耀明与吴祖光一起参加美国"爱荷华国际写作计划",作为见面礼,吴祖光把他早年写的一首诗《七夕》郑重其事地题赠给了潘耀明。吴祖光去世后,其与新凤霞合作的写意梅花图经其公子吴欢在他的遗物中捡出,曾转赠至潘耀明手中。"玉为风骨雪为衣",那画中的梅花遒劲傲然,独出一格,"很能体现这对患难夫妇的风骨和不屈精神",潘耀明一直把它挂在客厅。20世纪50年代,新凤霞曾正式拜师齐白石,在大师的熏染下,她的笔底也流动着骨气、志气与义气。

"黑夜给了我黑色的眼睛,我却用它寻找光明。"被朋友称作"童话诗人"的顾城将他的第一本诗集《黑眼睛》送给潘耀明时,在扉页上郑重地写下"诗·生命","意喻他已把生命与诗画上等号了"。在彼此交往、互通信函的多年间,顾城陆陆续续将自己的20多幅画寄给了潘耀明,"他的画作,比他的诗更天马行空"。潘耀明说他的诗重语言,而星星点点的野花在诗人的眼里"像遗失的纽扣",潘耀明的另一种理解是对的:他"像处子一样,以一个孩子的眼光去看这个世界,是清澈、不沾点儿尘埃的"。他的语言来自天赋,他的诗歌自生命中喷涌而出。然而诗人与现实又是那么地割裂啊,潘耀明以同情的笔触,记述了顾城、谢烨和英儿远走他乡,在激流岛上非同寻常的是非纠缠和爱恨情仇。

卞之琳与张充和,沈从文与张兆和,丁玲与陈明,老舍与赵清阁、胡絜青,萧红与萧军、端木蕻良、骆宾基,在潘耀明的记忆或研究中,亦有缠绵悱恻、意切情真的故事纠缠。卞之琳对张充和的一往情深,老舍与赵清阁的凄苦缠绵,萧红与萧军、端木蕻良、骆宾基的是非恩怨,随着当事人的离去,俱往矣。一沓手稿,几叠书信,连同记忆里的笑貌音容,还被潘耀明小心珍藏着。

卞之琳自打在沈从文家认识了张充和,就开始了他无望的固执追求,被闻一多称赞不写爱情诗的卞之琳,为张充和写下《断章》《鱼化石》《无题》等大量的爱情诗篇,"字字珠玑,行行情深"。仅仅为了保留张充和的一部手稿,在没有复印机的年代,"已届七十岁的诗人花了不少力气用硬笔一笔一画地誊抄了这篇稿。这篇稿比起诗人自己写的稿更工整清晰、更用心"。卞之琳对张充和,可谓一往情深。许是体恤父亲的苦心,卞之琳去世后,他的女儿青乔将他于1937年为张充和手抄的一卷《装饰集》以及一册《音尘集》、一卷张充和手抄的《数行卷》,捐献给了中国现代文学馆。而潘耀明手里,则保留了张充和97岁时写给他的手书。潘耀明在三联书店任职时,因着一部《雕虫纪历——1930—1958》(增订版)与卞之琳结缘,卞之琳在给潘耀明的信中说,在新月派和现代派之间,他"两派都是又两派都不是",潘耀明认为这不难理解:所谓"两派都是",是其曾与这两派发生关系;"两派都不是",是其又能脱出两派的窠臼,走出自己的道路,突出自己的风格。

陈艳敏《两人对酌山花开》

老舍绝望投湖之后,赵清阁"晨昏一炷香,遥祭三十年",闻者无不为之动容。潘耀明引用德国作家奥恩托的话抒发感慨:"爱,不管多么遥远,它总是在那里。就像星光那样永远地遥远,却又是那么近。"作为老相识,1981年潘耀明收到赵清阁的自制贺年卡,画题是"秋江孤帆图",精致澹美,不失飘逸。而老舍的夫人、画家胡絜青的扇面也曾经公子舒乙辗转赠予潘耀明,从疏朗的布局、明快的笔调,潘耀明看出彼时的她已走出了昔日的阴影。

潘耀明还珍藏着端木蕻良作于1980年的两幅画作——一张罗汉松,一张风荷。"都是水墨国画,不设色,更显其功夫。罗汉松莽莽苍苍,粗壮的枝干和如戈戟的针叶,颇见精神;风荷墨色厚重,迎风右摆,柔中见刚,别有韵致。"这画,承载了端木和萧红的经年往事,也牵扯出其与骆宾基、萧军的纠葛过往。

还有一些文友、前辈,在书信往来或日常交往中给潘耀明留下难忘的回忆。俞平伯病重时还不忘嘱托"给写文章的人寄钱",那个写文章的人,就是潘耀明。萧乾对晚辈文人的提携、关照,也使他念念不忘。潘耀明初次赴美,萧乾怕他人生地不熟,给他写了六七封推荐信托人照应,潘耀明深为感动,自此每年都收到萧乾和夫人文洁若寄来的贺年卡,这些卡片被他完好保存。

沈从文在作品中"供奉"人性,追求"真美"和"真善",在潘耀明看来难能可贵,"沈从文把刻画人性奉为写作的准则,是有他的大勇和大愚,后者被时人目为不识时务者"。沈从文主张的抽离动物性的人生观,对人生或生命做更深一层的理解,在潘耀明看来已是进入了哲学层次的探究。但他认为,沈从文与其他作家的迥异之处,是他连小人物的负面也不忍苛责、以宽容谅解的态度视之的博爱精神。

钱锺书一部未竟的《百合心》突然消失,引起了众人猜测,成了难解之谜。潘耀明用钱锺书接受自己采访的话,否定了夏志清关于杨绛"不便说明为什么没把它写下去"的猜测,"夏公虽是大学者,也不免有大胆假设、缺乏小心求证的通病。倒是患上心脏病、眼疾的夏公,仍然孜孜不倦地做文学研究工作,是值得敬佩的"。命运弄人,从另外一个角度,如钱锺书所料,

《百合心》若不遗失，对于时局下的钱锺书、杨绛究竟是幸还是不幸呢？一如"数不尽的风浪险"过后，丁玲对叶圣陶的感慨："叶老……我又常常想，要是你不发表我的小说，我也许就不走这条路，不至于受这许多折腾了。"

晚年的巴金在《随想录》里竭力提倡讲真话，"我们这一代人的毛病就是空话说得太多。写作了六十几年我应当向宽容的读者请罪。我怀着感激的心向你们告别，同时献上我这五本小书，我称它们为'真话的书'。我这一生不知说过多少假话，但是我希望在这里你们会看到我真诚的心。这是最后的一次了。为着你们我愿意再到油锅里受一次煎熬。"而《随想录》香港版的问世，就是经潘耀明之手。至今他还保留着巴金的信函13封，另有《随想录》总序及繁体版序言手稿，在他的印象里，巴金是一个重情义的人。大风大浪之后，巴金惦记的是文学遗产，晚年的他在《创作回忆录》中大力呼吁建立中国现代文学馆。

今天，早已落成的现代文学馆里，庄严地留下了他们的名字，他们的著作，他们的青春，他们的时代。

薪火相传，文脉永续。回首过去的半个世纪，潘耀明说："书写的年代已逐渐远去。文人的信札、手迹已成为历史陈迹。"而历史，却因着这些信札、手迹，再度回到了我们的视野中来。

草草不宣，无限悲凉

——读周作人著《周作人书信》[①]

周作人先生在开篇给"小峰兄"的序信里特意将这本集子分为书和信两个部分，的确如他所说，书的部分或因公开刊行而相对工整，信的部分如好友晤谈而相对随意；书的部分貌似作文有条有理，信的部分两语三言言尽而止。各有特色，但相对分明，如人生的两种状态。

书信中印象深刻的有两处：一是他"个人的事情"；一是他的《养猪》文。

"个人的事情"记录于《苦雨》一文，是他于苦雨之中坐在"里边炕桌上"写给"伏园兄"的一封信，信中他写叫他十分难过的北京的雨，以及雨中的趣味与哀愁，其中有一段这样写："这一场大雨恐怕在乡下的穷朋友是很大的一个不幸，但是我不曾亲见，单靠想像是不中用的，所以我不去虚伪地代为悲叹了。倘若有人说这所记的只是个人的事情，于人生无益，我也承认，我本来只想说个人的私事，此外别无意思。"在惯于宏大的思维和视

---

① 周作人. 周作人书信[M]. 北京：北京十月文艺出版社，2011.

角下,谁说这份真实和倔强不是难得的呢?在惯于喧哗和聒噪的空气里,谁说自我的观照就没有价值和意义呢?

当我们走了很远,我们仍须回归自身,抛开喧嚣洞悉内在真实的声音。就在今早醒来直奔电脑涂写此文的刹那,脑子里还同时闪现了这段独白:"时间就是生命,文字就是生命的副本。它原本跟所谓的读者所谓的出版所谓外加的一切都没有丝毫的关系。因为太过庄严太过深刻了,远远地超越了这一切。它的全部意义,只在于对于我个人的意义。"对自我忠实,才谈得上对世界忠实。

给"持光兄"的《养猪》文是周作人先生在报章上看到孙传芳随意捕杀学生想起的希腊悲观诗人巴达思的一首小诗,翻译过来大意是,"我们都被看管,被喂养着,像是一群猪,给死神随意地宰杀。——不过,死神是异物,人不能奈何他。人把人当猪看待,却是令人骇然。"信不长,虽然"草草,不宣"就此结束,但沉默中却有无限悲凉。

读完这些再读其余的闲章,便处处似无奈、没有悠闲的气氛了。

总之他是悲观的,他说:"耶稣,孔丘,释迦,苏格拉底的话,究竟于世间有多大影响,我不能确说,其结果恐不过自己这样说了觉得满足,后人读了觉得满足——或不满足,如是而已……我们的高远的理想境到底只是我们心中独自娱乐的影片。"

"人生第一桩事是生活"

——读朱光潜著《给青年的十二封信》①

　　这本书全然是一本随笔集,是美学家朱光潜先生旅欧期间写给青年朋友的十二封信,而朱光潜本人思想的自由,思维的活跃,以及向上、浪漫的生活态度为我欣赏。他喜欢文学、心理学、美学等,思想之自由让人兴奋。他说:"我时常想,做学问,做事业,在人生中都只能算是第二桩事。人生第一桩事是生活。"他所谓的生活,是"享受",是"领略",是"培养生机"。他说:"我们不应该把自己看作社会的机械。一味迎合社会需要而不顾自己兴趣的人就没有明白这个简单的道理。"他曾留学英国,也曾研读心理学,这样的心态或许受经历的影响,或许是天性使然。而这是一种美丽的、积极向上的生活态度。一个抛开了生活,对生活失去了热情的人,有什么资格去言其他呢?这是一种真实的生活态度。

　　他在书中,与青年朋友谈读书,谈作文,谈选课,谈动,谈静,谈人生

---

①　朱光潜. 给青年的十二封信[M]. 北京:开明出版社,1996.

与自我，但他的精神始终有一条脉络，有一个主线，贯穿人生的各个方面，他从对自我和对人性的尊重出发，以达到对完整人格的追求，对美的追求，亲切、自然而又真实，给人以进步的印象。此书成书于 20 世纪 20 年代，但他的思想于当今的社会，给人以厚重踏实之感，在混沌之中，依然放着光彩。

喜欢读他的书，这是一种心性的接近。

陈艳敏《向乐而生》

不变的理性与淡定

——读林徽因著《林徽因的信》[①]

提起林徽因,总是不自觉地想到陆小曼,一个理性而貌似完美,一个感性而不失率真。林徽因基于各种缘由在现今备受追捧,但从个人真性情的角度,一直以来我似乎更偏爱陆小曼。然而,对林徽因女士而言,这是否又是一个误解或偏见呢?翻开她的书信,希望从中有新的发现。

和陆小曼不同,林徽因有着相对幸福、完满的家庭,受着亲人悉心的栽培和殷殷的关爱,父亲林长民在给"徽儿"一封一封的信中充满了慈爱,言辞恳切,语重心长,耳濡目染地施教于她,见识、性格或许就是从日常的点滴和如此的家教中养成的。

不得不承认少女时代的林徽因就有一种沉着冷静的气质,这在婉拒徐志摩的信中就已经表现得一览无遗了,那一封信坚定而又充满了哀愁,果断而又不无彷徨,面对诗人的疯狂追求和张幼仪的痛苦挣扎,叩问自己内心的情

[①] 林徽因. 林徽因的信[M]. 北京:群言出版社,2016.

感，审视周遭纷杂的现实，她抛下这封信给诗人，趁诗人不在之时悄然地回国躲避，断然地让理性战胜了感性。在信中她对徐志摩说:"原谅我的怯懦，我还是个未成熟的少女，我不敢将自己一下子投进那危险的漩涡，引起亲友的误解和指责，社会的喧嚣与诽难，我还不具有抗争这一切的勇气和力量。我也还不能过早地失去父亲的宠爱和那由学校和艺术带给我的安宁生活。我降下了帆，拒绝大海的诱惑，逃避那浪涛的拍打……"

然而林徽因对大诗人毕竟亦投入了真情，"断舍离"并非来得容易，分别的决心又使她充满了忧伤和迷茫，在信中，她对徐志摩说，又像是对自己念叨:"走了，可我又真的走了吗？我又真的收回留在您生命里的一切吗？又真的奉还了您留在我生命里的一切吗？我们还会重逢吗？还会继续那残断的梦吗？"

但走了就是走了。她离开了"眼泪多于微笑的雾都"伦敦，从徐志摩走向了梁思成。

学者的梁思成必定不同于大诗人的热烈与甜腻，林徽因女士给丈夫的信中言辞也始终是理智和冷静的，称呼和落款均未见给徐志摩的"徽徽"、给父亲的"徽儿"乃至给金岳霖的"徽寄爱"，而是有板有眼的"思成""徽因"，充其量在给别人——比如给沈从文的信中称呼丈夫"梁二哥"，还说那个"梁二哥"不谙"人性"，时而让自己独自哭上 24 小时。虽然不无平淡，但他们的生活总体依然是平稳和顺利的。性格决定命运，选择决定人生，在由着性格做出选择的那一刻，或许她已经看到了未来。

而那个年代无疑也是个可爱的年代，林徽因、梁思成以及林徽因的追求者金岳霖能长期共处一室，欢喜相处，也是一大奇观了。其平和坦荡、胸襟修养乃至时人的君子之风都可见一斑了。在一封给"最亲爱的慰梅和正清"的信中，林女士将自己、梁思成和金岳霖分别比作站长、车站和访客，三人的关系在信中被描述得别有趣味:"思成是个慢性子，总是愿意一次只做一件事，最不善处理琐碎的家务事儿。但乱七八糟的事却像纽约中央车站任何时候都会驶入的各线火车一样冲他驶来。当然我仍是站长，但他却是车站！我也许会被碾死，他却永远不会。老金（正在这里休假）似是那样一种访客，或是来为人送行，或是来车上接人，对交通略有干扰，却能使车站显得更有趣一点，使站长更高兴些。"在信的末尾，身边的"车站"和"访客"又都附上了一笔，使这封信显得尤为可爱。

和陆小曼一样，林徽因也是一个不能没有爱的女人，其与冰心、凌叔华的恩怨过节乃至与陆小曼的微妙关系，都不能完全排除小女人的心理在作祟。她给胡适的八封信中有五封是关于徐志摩的，其中四封围绕徐志摩日记的去向展开，主要纠结的就是凌叔华。林徽因女士给胡适之先生的信中对那个明亮大气洒脱的女子凌叔华有颇多微词，林女士对胡适先生说："我求您相信我不是个多疑的人，这一桩事的蹊跷曲折，全在叔华一开头便不痛快——便说瞎话——所致。"在另一封信中亦不无刻薄："我从前不认得她，对她无感情，无理由的，没有看得起她过。""女人小气虽常有事，像她这种有相当学问知名的人也该学点大方才好。"

孰是孰非，不得其详。

在貌似温润的性情中，林徽因女士终究还是保有着自己个性的。对于人性、情感她有自己的理解和把握，执着不悔中又有一份了悟与通达。在给沈从文的信中，她谈及情感："反正我的主义是要生活，没有情感的生活简直是死！生活必须体验丰富的情感，把自己变得丰富，宽大，能优容，能了解，能同情种种'人性'，能懂得自己，不苛责自己，也不苛责旁人，不难自己以所不能，也不难别人所不能，更不怨运命或是上帝，看清了世界本是各种人性混合做成的纠纷，人性又就是那么一回事，脱不掉生理，心理，环境习惯先天特质的凑合！把道德放大了讲，别裁判或裁削自己。任性到损害旁人时如果你不忍，你就根本办不到任性的事（如果你办得到，那你那种残忍，便是你自己性格里的一点特性，也用不着过分的去纠正。），想做的事太多，并且相互冲突时，拣最想做——想做到顾不得旁的牺牲——的事做，未做时心中发生纠纷是免不了的，做后最用不着后悔，因为你既会去做，那桩事便一定是不可免的，别尽着罪过自己。"在她看来，"人活着的意义基本的是在能体验情感"，"不管人文明到什么程度，天文地理科学的通到哪里去，这点人性还是一样的主要，一样的是人生的关键"。

林徽因女士是有自己的主见和人生哲学的，是这些"思想"和"哲学"主宰了她的人生，使她自然地成为林徽因而不是陆小曼。

第四辑　不变的理性与淡定

　　书信或许是最接近真实的文体之一了，正如之前看到林徽因的一篇《悼志摩》的文章——在整本《林徽因美文》中是唯一一篇最动人最凄婉的文章，就知道她对大诗人是动过真情的。然而感情的深浅，即使跨越了生死，或许也无法强求和改变。徐志摩去世的那一年，林女士写信对胡适先生追忆说："这几天思念他得很，但是他如果活着，恐怕我待他仍不能改的。事实上太不可能。也许那就是我不够爱他的缘故，也就是我爱我现在的家在一切之上的确证。志摩也承认过这话。"是啊，爱得彻底，就不会诀别了。

　　然而人各有命，每个人最终都会去向他该去的去处，那便是最恰当的所在。读完了书信，我仿佛也更多地理解了林徽因女士气质中的理性与淡定。

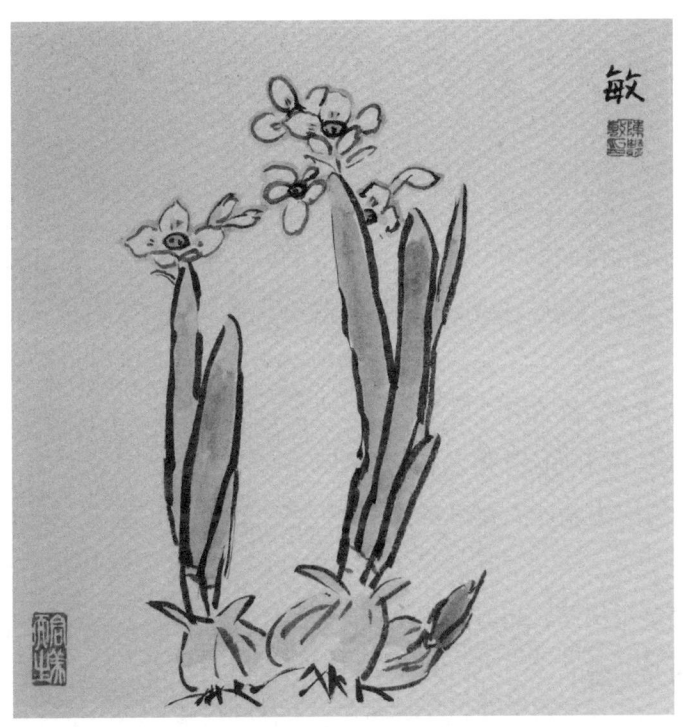

陈艳敏《凌波仙子不染尘》

压在心底的妄念

——读倪匡著《不寄的信》[①]

    这本书是在济南南郊宾馆南门内对开的一间雅致的小书吧里买来的,在酒店里发现书吧于我还是第一次,所以颇给我带来了一些欢喜,开会的间歇和饭后的工夫,我都禁不住到这个小书吧逛一逛。山东画报出版社出版的倪匡散文一共四本,除《不寄的信》外,还有《酒后的信》《梦里的信》和《心中的信》,由于对倪匡不熟,只买回了一本,权当"试读"吧。

    他的文字非常短小,每篇也就四五百字,几乎无一例外,好处是不怎么劳神,我一直读了下来,坏处是不怎么有味——当然这仅是我个人的感觉。很多有关情爱的文字,超前而又开放,但由于太过强调不顾现实和责任的纯理想、纯爱情、纯欢乐,坦白的文字里不时流露出些许的过激和偏颇——我十分推崇和相信爱情的纯洁、纯粹和热烈,但他以人性至上、情爱至上、性爱至上、欢乐至上的姿态,将男女之情完全孤立于现实世界之外去看待和对

[①] 倪匡. 不寄的信[M]. 济南:山东画报出版社,2011.

待，鼓励不受婚姻、现实、责任等任何条件限制与束缚的寻欢作乐和为所欲为，认为当事人的三姑六婆们如果发表意见，不是完全出于自私的目的，就是出于不曾得到的嫉妒，甚至由此发出"人性其实并不可爱"的感慨，则未必会取得广泛认同。在他看来，男女之爱只管发乎内心，随心所欲，今朝有酒今朝醉，欢乐一刻是一刻，用不着追求永恒，用不着计较后果，也不必有多余的担心——女人"唯一"的"忧虑"只需一个"套"就解决了。

禁不住想，如果真是这样无碍无挂无牵绊，缘来缘去皆洒脱，世间可能就不会有那么多的矛盾、纠结和痛苦了——实际上似乎并不是这么回事，人是情感的动物，但凡有情感，就会有牵绊，就会有矛盾，就会有纠结，就会有幸福和痛苦的相伴而生，甚至就会有必要时自觉的规避与放弃。人与人的相爱真的是那么简单和一帆风顺吗？人与人的分开真的是那么容易和决绝吗？不不不，我想不是的。

但毕竟可以理解的是，这里发表的只是些"不寄的信"，或许只是压在心底的，一些闪念抑或是点滴妄念吧！

陈艳敏《无名小花，开得奔放》